J'ai mangé
Clark Gable.

Du même auteur :

Les anges de l'an mil, 2014

Le piano silencieux, 2016

« J'ai mangé Clark Gable »

De

David Haubert

Roman fantaisy

Auto-édition

IBSN : 978-2-9557515-4-1

1

Dans le ciel du Nevada, un ballet funèbre venait de commencer. Un vautour tournoyait au dessus de la dépouille d'un malchanceux. Aux abords de cette route de pierre où ne passaient que de rares automobiles, à moins de cent kilomètres de Las Vegas, entre deux broussailles, un cadavre allait être nettoyé.

D'un coup de patte, le vautour s'assura que le macchabée ne bougeait plus, puis il commença à déchirer ses vêtements et, enfin, il entama son festin. Gavé, il laissa la place à deux coyotes qui terminèrent d'éplucher le défunt. Plus tard, d'autres animaux arrivèrent pour participer au banquet. Bientôt, ils se battraient pour quelques restes. La nuit venue, il ne resterait qu'un squelette, quelques lambeaux de tissus, une paire de mocassins vernis Weejun et un chapeau feutré. Toutes les traces du crime auront été effacées et, de l'identité de la victime ne resterait que sa taille et l'épaisseur de ses os.

James Cabot était apparu très tôt le matin, à l'heure où le soleil se lève, au volant d'une Chevrolet Deluxe flambant neuve. On pouvait le suivre tant le nuage de poussière s'allongeait dans cette partie désertique des

Etats-Unis d'Amérique. Sur ce chemin de pierre, une vitesse excessive pouvait s'avérer dangereuse pour un conducteur novice. Malgré la bonne tenue reconnue de l'automobile, son conducteur fit une embardée qui ne manqua pas de l'envoyer hors de la route. Quand la Chevrolet s'immobilisa enfin, le moteur tournait toujours et James Cabot resta prostré sur son volant. Un homme qui aurait vu le diable en personne n'aurait pu être accablé de pareille sorte. Dans le désert des Mojaves, la température à cette heure matinale s'approchait déjà des vingt-cinq degrés preuve que la nuit n'avait pas refroidi l'atmosphère étouffante de la veille. Sa chemise était auréolée de transpiration et des gouttes de sueur dégoulinaient de son front. James voulait se persuader qu'il était désormais hors de danger pourtant il se doutait qu'ils étaient proches. Sans perdre plus de temps il s'enfonça, à pied, parmi les nombreux arbres de Josué. Il marcha un moment dans cette forêt à la recherche de l'endroit idéal, une pelle dans une main et un sac dans l'autre. Quand il fut certain que l'emplacement était le bon, il commença à creuser.

Sa besogne terminée, en homme prévoyant, James vérifia une dernière fois ne rien avoir laissé au hasard. L'endroit, il en était certain, avait été bien choisi. Seul, un vautour l'avait regardé enfouir le sac. Pour l'heure, satisfait et soulagé, il s'éloigna de la cachette et trouva un peu d'ombre sous un grand yucca en fleur. Surpris de n'entendre aucun moteur, il retourna vers son véhicule afin de rejoindre au plus vite une ville voisine où, pendant quelques jours, il se fondrait parmi la populace pour devenir invisible. Il aurait aimé rejoindre sa belle mais c'était trop risqué, mieux valait se faire oublier. La Chevrolet reprit la route en sens inverse, pourtant, au bout de quelques mètres, le moteur cala et le véhicule s'immobilisa. A moins d'une centaine de mètre devant lui, James aperçut la Ford vedette garée sur le bas côté. Que pouvait-il faire ? Tenter de passer en force ne lui laisserait aucune chance. Une course poursuite entre une Chevrolet et une Ford était jouable, or James ignorait totalement où allait ce chemin. Etait-ce un cul-de-sac ? Il devrait donc faire demi-tour et prier pour que le conducteur de la Ford soit un amateur. La perspective de parcourir la distance qui séparait les deux véhicules, les bras en l'air en signe de reddition, était inenvisageable. Parce qu'il en était certain, ces hommes qui patientaient dans la Ford étaient là pour lui.

Les longues heures qui suivirent n'épargnèrent pas James. Sa tentative de fuite avorta, son véhicule ayant été saboté pendant qu'il creusait. Le piège venait de se refermer.

Dès le départ, au moment même où il avait empoigné le sac dans la salle du coffre au Flamingo Hotel, le compte à rebours avait été enclenché. Il savait que sa peau faisait partie du plan, il connaissait les enjeux, il savait que Meyer Lansky ne le lâcherait plus. Il connaissait tous ces gens et leurs règles, on ne badine pas avec le plomb !

Quatre hommes s'approchèrent de lui. Bien décidé à ne rien révéler de l'endroit précis où il avait enterré le butin, James était certain que son temps arrivait à sa fin. Lui qui n'avait jamais prié, il commença à réciter une prière qui lui revint de son enfance. Les mots maladroits et désordonnés ne suffirent pourtant pas à apaiser la colère des molosses. Les coups tombèrent et le sang gicla sur le sol rocailleux.

— Que croyais-tu Cabot ? Que tu allais nous semer ? On t'a bien vu sortir de la voiture avec le sac.
Allez, James, cet argent ne te servira plus à rien. Dis-moi où est le sac et j'abrège tes souffrances.
— Vas te faire voir, Pollock !
— Mais pourquoi donc, les as-tu volés, ces 200 000$? Tu savais que Lansky te retrouverait ! Et puis tout le monde t'a vu sortir du Flamingo avec l'oseille. Que croyais-tu ? Qu'on allait rester là, les bras croisés ?

Quand James, qui n'avait toujours rien craché, fut réduit à l'état d'un pantin désarticulé et qu'il eut perdu une grande partie de sa raison, la décision fut prise qu'il n'en valait pas la peine. Meyer Lansky allait perdre son argent ; le puissant chef du crime organisé n'en serait pas moins riche.

La chaleur était à son comble et tous étaient à présent pressés d'en finir et de rentrer boire une bière fraîche. Aussi les quatre hommes sortirent de leurs étuis les Smith & Wesson six coups et ils s'alignèrent comme un peloton d'exécution. Vingt quatre détonations résonnèrent dans le désert sans que quiconque ne s'en émeuve. Vingt quatre impacts de balle neuf millimètres s'ajoutèrent aux nombreuses plaies ouvertes, de quoi abattre un éléphant. Ainsi, le vautour qui n'avait pas perdu une miette de l'embrouille, ne tarderait pas à faire ce pour quoi il avait été conçu.

Malgré ce déluge de plomb, Cabot n'avait pas rendu l'âme. Pollock décida pourtant de l'abandonner à son sort, certain qu'il n'en reviendrait pas. Pourquoi gaspiller des balles supplémentaires ?

— Tu vois, James, Le vautour te regarde ! Je te laisse à ses bons soins !

2

Au guichet de la petite gare de Nipton, le jeune Butch Walker était en colère. Il venait d'apprendre que le train de Las Vegas ne serait pas à l'heure. Les convois de marchandise permettaient à une centaine de passagers de prendre place à bon compte à bord de la ligne unique de l'Union Pacific. Butch avait choisi ce mode de transport pour la bonne raison que, jugeant la route de Vegas peu fiable, sa mère avait insisté pour qu'il le prenne afin que son fils unique et orphelin de son père ne fasse pas de mauvaises rencontres sur le chemin de la grande ville. Elle avait lu dans le « Times » que Las Vegas, en cette année 1958, était devenue un repaire de bandits venus de toutes les grandes métropoles américaines et elle se souvenait d'un article qui racontait comment la mafia enterrait ses victimes dans le désert. Madame Walker avait accepté, bon gré mal gré, que son fils s'y installe pour y faire son métier de cuisinier. Ainsi, chaque fin de mois, Butch rendait visite à sa mère. A Las Vegas, les palaces et les restaurants poussaient plus vite que les mauvaises herbes. Un ami de la famille s'était porté garant auprès du directeur du Flamingo Palace afin que le jeune garçon y fasse ses armes.

Le chef de gare n'avait pas donné plus de précision sur l'heure d'arrivée du train vu que celui-ci était très certainement bloqué quelque part dans un endroit reculé du monde. Bref, il n'en savait rien et avait conseillé au jeune homme de prendre patience sous le porche au bout du quai. Comme les deux hommes étaient seuls dans la petite gare, le vieux chef de gare proposa un rafraîchissement au garçon puis il s'excusa d'aller faire une sieste. Butch suivit le conseil du vieux et se dirigea vers l'endroit indiqué à l'ombre, là où curieusement glissait un très léger courant d'air qu'il trouva fort appréciable. Il déposa son sac de voyage et trouva le banc matelassé d'un cuir souple à son goût. Il tira un livre de poche de son sac et entreprit d'y retrouver son héros du moment. Très vite, une odeur peu agréable vint lui chatouiller les narines. D'un coup d'œil, Butch chercha l'origine de cette puanteur de mort quand, un couaquement lui fit lever la tête.

A moins de quatre mètres de lui, un vautour, ou quelque chose qui y ressemblait, le regardait, immobile. Si l'animal n'avait pas fini par cligner de l'œil, Butch aurait dit qu'il était empaillé et posé là pour faire une bonne farce aux clients du train. Mais, Butch en était certain, l'œil avait cligné.

— Crouat !

L'oiseau venait de croasser ou peut-être de gronder. Qui aurait pu dire ce qu'un animal à plumes de ce type pouvait émettre comme son. Le rapace se tenait droit, agrippé à une traverse de la petite charpente de l'auvent. Le bois rongé à cet endroit confirmait que l'animal était coutumier de l'emplacement.

— Crouat ! hrrrrrrrrr !

Butch qui n'avait pas bougé d'un millimètre tant il craignait que le rapace lui saute à la gorge et ne lui crève les yeux, ne décollait pas son regard du vautour. Lentement, il entreprit quelques pas en arrière avant de s'apercevoir qu'il avait oublié son sac sur la banquette. « Qu'importe mon sac ! », pensa-t-il, seuls ses yeux comptaient.

Le rapace cligna encore de l'œil puis tourna la tête sur 180° avant de revenir sur sa position face à sa proie. Butch ne put s'empêcher de regarder les serres, plantées dans le bois, et le bec crochu de l'animal. En d'autres circonstances, ce bec aurait prêté à rire tant il était déformé. Quand cette idée passa dans la tête de Butch, le vautour sembla lui lancer un regard plus sombre encore.

— Crouat, hrmmmm ! hrummm ! hrummm !
Butch se reconcentra sur sa fuite quand soudain une voix lui parvint :
— Crouat ! Ne vous inquiétez pas, ce n'est qu'un accident de jeunesse !

Butch chercha qui lui parlait là, pensant voir le vieil homme derrière lui, mais quand il se détourna pour vérifier, il entendit :

— Crouat ! Que cherchez-vous derrière vous ? Nous sommes seuls sur ce quai.
Le jeune homme eut l'idée de se pincer le dos de la main, quand l'animal emplumé reprit :

— Crouat, oui, ça fait ça au début, mais ne craignez rien, j'ai l'habitude !

— Vous, vous…parlez ?

— Crouat ! Oui ! répondit le vautour.

— Non, c'est une blague du chef de gare !

A ce moment là, l'oiseau se laissa tomber de son perchoir et glissa sur le béton du quai. Retombant sur ses deux énormes pattes, il faillit bien s'étaler sur le quai. Il peina à retrouver l'équilibre en déployant ses ailes d'une envergure couvrant la largeur du porche. Enfin, quand il replia ses plumes contre son corps, Butch fut certain que l'animal était vivant et à moins de deux mètres de lui. Il fit un bond d'autant en arrière hors de l'abri, prêt à prendre ses jambes à son cou, quand son instinct lui commanda de rester. Il se pinça le nez, désormais convaincu de la source odorante.

— Comment faites-vous ?...Je veux dire, pourquoi parlez-vous ? Les oiseaux ne parlent pas !
Le vautour garda le silence un long moment. Butch commença presqu'à penser qu'il avait rêvé quand son interlocuteur reprit :
— Crouat ! « L'île aux trésors ».
— Quoi, « L'île aux trésors » ?
— Le perroquet du capitaine Flint parle !
Butch devenait fou. Non seulement, il faisait face à un vautour qui s'adressait directement à lui, mais, en plus, il connaissait Stevenson.
— Ne me dites pas que vous savez lire !
— Crouat, crouat, non, non, juste les gros titres !
— Comment ça, les gros titres ?

— Crouat ! Ah vous les humains, vous avez de ces questions !

— Mais que oui ! quand un vautour me parle, j'ai tendance à poser des questions !

— Crouat ! Crouat ! Comment ça, un vautour ? Je suis, monsieur l'humain, un Condor ! L'animal que vous venez de citer est un très lointain parent qui a disparu de ces contrées depuis longtemps déjà. Je crois savoir que vous n'aimez pas que l'on vous rappelle votre ressemblance avec les singes, n'est-ce pas ?

— Mais, ce n'est pas pareil ! s'insurgea Butch.

— Crouat ! Et en quoi est-ce différent ? reprit le condor.

— Bon, bref ! Chez nous les humains parlent et les oiseaux se….

— taisent. Crouat ! Oui, mais pas moi. Je parle, il faudra vous y faire !

Butch resta sans voix. Un vautour venait de lui clouer le bec. Soudainement, mille questions lui vinrent en tête. Toutes s'embrouillèrent dans son esprit et bientôt, il ne sut par quoi commencer. Pendant ce temps, l'oiseau avait rejoint son perchoir emportant avec lui son odeur.

— Crouat ! D'accord, je comprends, là tu te dis que ce qui ce passe là est exceptionnel et que tu peux gagner beaucoup d'argent dans une foire où tu pourras m'exhiber en public. Et là je dis : non ! Crouat ! J'ai trop vu d'animaux soi-disant savants se faire…plumer !

— Mais jamais je n'ai eu une telle idée ! N'allez pas croire ça de moi !

— Crouat, c'est ça, c'est ça ! Ne t'inquiète pas, tu n'es pas le premier qui en aura eu l'idée ! Mais sache que, si tu as l'intention de dévoiler mon secret, je n'ouvrirai plus le bec et tu passeras pour un illuminé aux yeux de tous, compris ?

— D'accord, d'accord !

L'avertissement était clair et Butch chassa aussitôt l'idée qui, en effet, lui avait traversé l'esprit. Les petits yeux perçants du volatile ne lâchaient pas le jeune homme, Butch fut persuadé que le condor lisait dans ses pensées. Celui-ci déglutit, épouvanté par cette idée. Un long silence lui apporta un nouveau rebond dans cet échange insolite.

— Pourquoi moi ? Pourquoi avez-vous décidé de vous adresser à moi ?

— Crouat ! hrrrrrrmmmm ! Jeune homme, peu de gens attendent sur ce quai, j'espérais seulement avoir une conversation, disons, sympathique.

— Sympathique ? avec un vautour !

— Je ne suis pas un vautour, je suis un condor de Californie !

L'animal venait de se mettre en colère et Butch faillit éclater de rire pour la seconde fois. Le « condor » en prit conscience et ajouta aussitôt :

— Crouat ! Excusez-moi, jeune garçon, il m'arrive de m'emporter, mais sachez qu'habituellement j'ai plutôt un tempérament patient.

— Non, non, c'est moi, pardonnez-moi, je n'avais nullement l'intention de vous vexer, j'essaierai désormais de ne pas me tromper.

— Crouat ! Vous les humains, vous manquez parfois d'adresse. Je me souviens de John Wayne, il avait cette mauvaise habitude de m'insulter.

— John Wayne ? Mais que me racontez-vous là ?

— Pendant le tournage de « Fort apache » le réalisateur m'avait demandé de jouer un petit rôle. C'était tout près de Monument Valley, à l'époque je passais mon temps avec une bande de congénères. Crouat ! Des westerns s'y tournaient en grand nombre et le maître en la matière était déjà John Ford. Un chic type ce Ford !

— Et vous pensez que je vais avaler ça !?

L'oiseau lança un regard de tueur, il rétorqua aussitôt :

— Crouat ! Mais que croyez-vous ? Vous imaginez peut-être que John Ford accrochait des vautours empaillés sur les arbres ?

C'est à ce moment là que, sans prévenir, l'oiseau décida de déserter. Butch n'avait jamais vu d'aussi près l'envol d'un rapace. Il s'était laissé tomber en avant et, comme la fois précédente, avait déployé ses ailes. Le garçon resta bouche bée devant la manière dont ces deux immenses membres prirent l'air et avec quelle harmonie un simple battement permit à l'oiseau de s'élever. Très vite, le rapace fut à une hauteur qu'aucun homme ne pouvait atteindre sans une arme de précision. Butch vit tournoyer le condor ; d'instinct il ramena son regard vers le sol où un coyote tenait une proie dans sa gueule. Il devait s'agir là d'un rat ou un lézard, Butch ne pouvant distinguer la petite proie. Quand le condor entreprit sa descente, le coyote détala comme s'il avait pressenti une catastrophe. Le charognard se posa, avec bien moins d'élégance qu'à son envol, et s'approcha du petit cadavre qu'il avala sans croquer. Il tendit son cou en arrière comme pour mieux faire descendre son repas puis il s'élança lourdement comme un gros avion s'élevant vers le ciel. Quand il retrouva son perchoir, sous le porche de la gare, son regard se porta aussitôt sur Butch et il lui dit :

— Pardonnez-moi, mon cher, un petit creux !

— Mais, je vous ai vu, vous avez mangé un… un rat !

— Que croyez-vous, vous m'imaginez au restaurant à commander une entrecôte ?

— Mais c'était un cadavre de…

— Je suis un nécrophage, je vous rappelle que je ne tue personne, je ne fais que nettoyer ce que les autres abandonnent aux insectes.

A ce moment là, au loin, un sifflement se fit entendre. C'était celui du train qui devait passer Ivanpah à une dizaine de kilomètres de là. Pendant plus d'une heure, Butch avait conversé avec l'oiseau et le temps sur ce quai lui avait paru trop court. Dans quelques minutes le train entrerait en gare et il lui faudrait abandonner ce compagnon insolite. Le rapace, enclin à bavarder, ne s'était pas montré avare de confidences. La plupart d'entre elles restaient suspectes ; sa rencontre avec John Ford étant la moins vraisemblable. Néanmoins, Butch dut le reconnaître, l'oiseau avait su argumenter ses propos, notamment des détails de tournage qui venant d'un humain seraient passés pour véridiques. Alors que le jeune garçon était dans ses pensées, le rapace lui dit enfin :

— Bon, crouaaaat, il va falloir nous quitter. J'aperçois au loin le train qui s'approche.

— Oui, je ne le vois pas encore mais j'ai entendu son sifflet tout à l'heure.

— Ah ! Crouat, hrrrruummm ! fit le rapace en détournant la tête comme à chaque fois qu'il se montrait frustré, et il rebondit une dernière fois :

— Oui, je sais, je suis sourd comme un pot mais, croyez-moi bien, j'ai une vue si claire que je vois même la mort dans les yeux des vivants.

Après cette tirade assassine destinée à effrayer le jeune homme, il s'envola après avoir salué son interlocuteur.

3

Le train redémarra après que le seul passager fut monté à son bord. Presqu'aussitôt, l'oiseau revint sur son perchoir. Le vieux chef de gare vint à sa rencontre, une canette à la main:

— Alors, tu as fait une nouvelle connaissance ?

— Crouat, pas bien bavard ce garçon !

— Oui, je connais bien sa vieille mère, nous sommes allés à l'école ensemble dans notre jeune temps. Le pauvre, il a perdu son père trop jeune dans une histoire sordide trop longue à te raconter.

— Ah, Crouat. Et qu'a-t-on fait du corps ?

— Toi, tu ne perds pas un instant ! Mais, non, il est mort, voilà une bonne quinzaine d'années et il est enterré au cimetière près de l'église de la paroisse avec les autres.

— Crouat ! Satané cimetière ! Vous les humains, pourquoi creuser des tombes pour vos morts alors que mon rôle naturel est de faire ce boulot pour rien ?

— Eh bien crois-moi, espèce d'emplumé, tu n'auras pas ma peau ni le peu de chair qu'il me reste sur les os ! Si c'est cela que tu attends, il faut que tu saches que j'irai mourir à la Nouvelle Orléans dès que j'aurai assez économisé pour quitter ce trou à rat. J'ai des amis qui m'attendent là-bas.

— Dommage, Crouat, j'aime bien les vieilles carcasses, la viande est souvent plus tendre et tu sais avec mes problèmes de digestion...

L'oiseau replia son long cou sur lui-même jusqu'à le faire disparaître ; seule sa tête déplumée dépassait d'un duvet tacheté de sang séché. Un instant ses yeux se fermèrent comme s'il souffrait énormément puis il lâcha un rot venu de ses entrailles. Le chef de gare y était habitué et il s'amusa en taquinant son vieux compagnon :

— Tu vois bien Jo, que c'est moi qui t'enterrerai ! Je t'ai déjà dit de faire attention à ce que tu avales. Evite les plombs de chasse, ça vous pourrit l'estomac. Nombre des tiens ont été retrouvés avec une poignée de métal gris dans le gésier. Ça vous bouffe de l'intérieur comme un cancer !

— Je sais, tu me l'as déjà dit. Mais, les cadavres ne courent pas les chemins par ici, quand j'en trouve un, je ne fais pas le difficile. Eh puis, je dois l'avouer, les trous de balles me facilitent la tâche grandement. L'autre jour, pas moins de trente impacts sur un homme blanc. Une boucherie. J'ai dû partager le festin avec deux chacals; nous n'avons rien laissé ! Ah quel banquet !

— Un blanc ?

— Crouat ! je ne suis pas raciste, noir ou blanc, homme ou femme, jeune ou vieux, je n'y vois aucune différence.

— Tu ne pourrais pas te contenter de manger des animaux morts ? Bon, les hommes noirs, à la rigueur !

— Vous vous prenez pour qui, vous, les humains ! Et puis, je dois t'avouer que la chair humaine est mon plat favori. Si je pouvais, je limiterais ma consommation à la viande de primate, bien plus tendre que les autres espèces, tu peux me croire !

— Et tu penses que cela m'inspire quelque chose d'apprendre ça ?

— Crouat ! moi, je dis ça pour discuter !

La chaleur était à son comble. Le vieux chef de gare but une gorgée, puis une seconde, enfin il décida qu'il valait mieux laisser tomber. Dans toutes les discussions qu'ils avaient eues ensemble, Jo avait toujours eu le dernier mot.

4

Un mois plus tard, Butch était rentré voir sa mère et, en descendant sur le petit quai de la gare de Nipton, il ne put s'empêcher d'aller voir sous le porche si le condor y était. Sous le perchoir vide, quelques excréments, que personne n'avait daigné nettoyer, formaient une croûte épaisse peu ragoûtante. L'ensemble était trop sec pour penser qu'un oiseau y avait séjourné récemment, aussi Butch pensa que son ami d'un jour lui avait définitivement faussé compagnie. Il avait souvent entendu dire que les vautours étaient en voie d'extinction, que les milliers d'individus de cette espèce périssaient chaque année, victimes principalement de maladies. Il se mit à le regretter comme on regrette la fin d'une histoire. Cette rencontre impossible et improbable resterait à jamais un secret inavouable. Qui aurait pu croire qu'un oiseau puisse parler? Sur le chemin empierré qui le conduisait vers chez sa mère, Butch se mit à penser qu'il avait peut-être rêvé toute cette histoire. Enfin, il aperçut la maison familiale.

Le lendemain matin, il mentit à sa mère et précipita son départ. Il lui dit que les horaires du train avaient été modifiés et qu'il devait se rendre plus tôt à la gare. Il arriva donc avec près de trois heures d'avance sur l'heure indiquée sur le tableau d'affichage. Le chef de gare lui demanda :

— Tu sembles bien pressé de rentrer, jeune homme, aurais-tu eu des mots avec ta chère mère ?

— Non, non, mais je dois vous avouer que parfois elle m'exaspère avec toutes ses questions sur ma vie à Las Vegas, aussi je lui ai menti pour pouvoir la quitter plus vite.

— Ah, ce n'est pas bien, Butch ! Et que devrai-je lui raconter moi quand je la verrai. Tu sais que ta mère, à chaque fois qu'elle passe en ville, fait un détour pour me voir ?

— Vous appelez ça une ville, ce trou perdu ?

— N'empêche que je devrai lui mentir à mon tour !

Embarrassé, Butch haussa les épaules et ne sut que répondre. Plus encore était son envie de se rendre sous le porche en bois, persuadé qu'il y retrouverait le charognard. Il devait se débarrasser du vieil homme au plus vite mais aucune idée ne lui vint. Ce fut le chef de gare lui-même qui apporta la réponse à son inquiétude quand il lui annonça ceci :

— Allez ! va donc te reposer sous le porche, tu as le temps avant l'arrivée du train. Si tu t'endors, j'irai te réveiller. J'ai à faire, ce matin.

D'un pas volontairement lent, Butch se détourna du vieil homme espérant ainsi ne rien faire voir de son empressement et se dirigea droit vers le bout du quai.

Le soleil donnait bien et, à l'heure de son apogée, la chaleur deviendrait étouffante en ce mois de juillet.

C'est l'odeur qui lui donna la première indication de la présence du rapace. S'approchant de la banquette de cuir, Butch fit semblant de ne pas avoir vu l'animal quand ce dernier l'interpella :

— Crouat, crouat, hrrrrrruum ! Tiens donc, un revenant ! Où plutôt serais-tu sur le départ ?

— Ah, bonjour, je ne vous avais pas vu !

— Jo, c'est mon surnom….C'est Gregory Peck qui m'appelait ainsi. Pendant le tournage de « La cible humaine », à moins que se ne soit l'année de « La ville abandonnée ». Ah, c'était un sacré numéro, cet homme là, beaucoup plus sympathique que Gary Cooper. Mais je parle trop, rappelez-moi votre nom, jeune homme ?

— Euh, en fait, nous n'avons jamais été présentés, nous nous sommes vus ici-même le mois dernier ; je m'appelle Butch, Butch Walker.

— Crouat. Je me souviens très bien de vous, que croyez-vous, je ne suis pas encore sénile. Vous êtes cuisinier à Las Vegas !

Impressionné par la mémoire de l'oiseau, Butch n'hésita pas à donner plus de précision :

— J'ai une place au Flamingo, le plus grand établissement hôtelier du monde.

— Ah oui, le Flamingo, Crouat, j'ai bien connu son ancien propriétaire, Bugsy Siegel, j'étais même présent quand il s'est fait abattre par Meyer Lansky…

— Vous êtes fou, ne dites jamais cela en public, il pourrait vous…

— Me quoi ? A ses yeux, je ne suis qu'un vautour ! Ah ce vaurien de Lansky ; je ne comprends pas, j'étais là, j'aurais pu faire le ménage moi-même, mais il voulait que la police retrouve le corps. Ensuite, ils l'ont emporté je ne sais où…Ah Siegel, lui, c'était autre chose ! Chaque cadavre était emmené dans une petite clairière où, moi et quelques camarades, avions nos habitudes. C'était le bon temps. Pas une semaine sans que n'arrive une cargaison de chair fraiche. Les hommes de Siegel savaient y faire, ils détroussaient les cadavres et les abandonnaient nus comme des vers. Les corps étaient à point, morts de la veille. Il y en avait de toutes sortes, des gros, des maigres, des…

— Hrmmmm ! Je n'ai pas très envie que vous me racontiez ce genre de chose !

— Oh excuse-moi, cher ami, je me laisse parfois emporter par des souvenirs…mais ne sois pas inquiet, je ne mange que les morts. Jamais je n'ai tué ne serait-ce qu'une souris.

— Bon, bon, d'accord, mais évitez d'évoquer les cadavres, s'il vous plaît, Jo !

Le vautour avait bien entendu. « Jo » Le jeune homme était à présent en confiance, il venait de l'appeler par son petit nom. C'était bon signe. Il pourrait bientôt passer à la seconde phase de son plan machiavélique.

— Mais dis-moi, mon garçon, dans ton hôtel Flamingo, la cuisine, c'est donc toi qui la fait ?

— Oh non, Jo, je ne suis qu'un apprenti. Je veux dire, j'aide le chef. Enfin nous sommes plusieurs à l'aider, le chef.

— Crouat ! Le chef ?

Le condor avait replié son cou signe qu'il réfléchissait.

— Ah oui, chez vous, je veux dire chez les humains, certains se considèrent au-dessus des autres, c'est bien cela ?

— Euh, oui, c'est à peu près ça ! Mais, certains chefs sont sympathiques ! Ils nous aident et nous apprennent à travailler…

— Crouat ! à travailler ! pourquoi cela donc ?

— Pour gagner notre pain, évidemment !

— Je vois, je vois…crouat ! Et ce chef, comment est-il lui ?

— Victor, c'est son nom, il est…une brute, mais je dis à ma mère que tout va bien là-bas, elle serait morte d'inquiétude si…

— Morte, crouat !

— Mais, non, pas morte, juste inquiète ! Comme tous ces parents qui sont soucieux du sort que la vie réserve à leur progéniture. N'avez-vous jamais eu d'enfants, vous, Jo ?

— Hrmmmm, crouat ! Des enfants ? Euh, des œufs, tu veux dire ?

— Ah oui ! Des œufs et des…poussins.

Jo visiblement embarrassé par la question, balayait l'air de son long cou. Un moment passa sans qu'aucune réponse ne se fasse, puis soudainement, il se mit à déblatérer sa vie comme s'il était sur la banquette d'un analyste.

— Un jour, une femelle m'a convaincu de l'utilité d'assurer ma descendance. Je devais être bien naïf à l'époque parce que j'y ai consenti et me suis prêté au rituel de la reproduction…

Pendant près d'une heure entière, Butch put entendre les allégations d'un charognard, malheureux d'avoir perdu sa belle, l'ingratitude des petits qui, dès qu'ils ont quitté le nid, se moquent éperdument des adultes et n'hésitent pas à chasser leurs parents. La période de couve, laborieuse et épuisante et surtout interminable, où chaque minute compte pour ne sauver qu'un ou deux petits. L'entretien du nid qui exige un savoir-faire et une attention de tous les instants. Le combat pour empêcher les autres rapaces d'attaquer les œufs tellement précieux. La folie de la femelle, qui protège sa progéniture allant même jusqu'à chasser son mâle à coup de bec. Pour terminer le tableau, Jo, fit cette confession :

— Crouat ! non ! Le souci des enfants, je n'en ai pas ! Enfin, j'en ai plus !

— Mais la vie à deux, vous connaissez, Jo ?

— Oui, je te l'ai déjà dit. Et là encore cela ne m'a pas réussi ! Mais dis donc toi, que cherches-tu ?

— Oh rien !

— Oh si, toi, tu es amoureux !

— Mais non ! Et que comprenez-vous à l'amour vous ?

— Ah détrompe-toi, j'ai déjà vu « Autant en emporte le vent » et « Brève rencontre »

— Quoi ?

— Crouat ! J'adore le cinéma. Presque chaque soir, j'assiste à la séance en plein-air. Et j'en connais un rayon !

— Je n'en crois pas mes oreilles ! Et vous regardez quel genre de film ?

Le condor déploya ses ailes comme s'il allait s'envoler, mais Butch comprit que le sujet intéressait au plus haut point le volatile. D'évidence, la question exigeait une réponse longue et réfléchie:

— Crouat ! Pour avoir passé de longues heures sur les tournages de John Ford, je peux t'affirmer qu'il est « le » plus grand réalisateur au monde. Bien entendu, le fait d'avoir joué un rôle majeur dans certains de ses films n'a rien à voir avec mon admiration. Je ne loupe aucun western, mais ma préférence va aux films noirs et aux films de guerre, bien que je déplore que les producteurs n'engagent pas de condor pour nettoyer les scènes de tournage de tous ces cadavres. Quel gâchis ! Crouat ! Les comédies musicales sont, pour moi, un supplice. Dès qu'un humain se met à donner de la voix, je quitte mon perchoir vers un autre cinéma. Je n'aime pas non plus les films d'Hitchcock, on ne sait jamais où sont partis les morts. Il embrouille l'histoire et je n'y comprends rien… Crouat !

Là encore, Jo avait parlé sans interruption pendant près d'une heure et Butch avait eu le droit à tous les films que le charognard avait détestés. Les comédies passèrent à la trappe, les films romantiques, Cukor, Capra, Mankiewicz, il les détestait tous. Même sort aux films à suspense, les comédies dramatiques, les parodies ou les burlesques. Le garçon en fut surpritet décida d'en faire la remarque :

— Pardonnez-moi de vous interrompre, Jo, mais qu'aimez-vous au cinéma ?

— Crouat !

L'oiseau, comme à son habitude, détourna le regard, le cou se tordant sur lui-même. Il resta dans cette position un long moment, puis il lança :

— Il pleut sur Las Vegas !

Butch à son tour détourna le regard vers le désert en suivant les rails de l'Union Pacific. Jo avait raison, le ciel à l'horizon s'assombrissait lourdement. Il comprit aussi que l'oiseau venait de tenter un changement de conversation.

— Crouat, pardonnez-moi, Butch, je vais devoir y aller, j'ai un rendez-vous. Nous continuerons cette très agréable conversation la prochaine fois.

Sans attendre, l'oiseau s'élança péniblement dans les airs au moment même où Butch entendit le sifflet du train.

5

Un mois s'était écoulé depuis leur dernière rencontre mais Butch n'aurait manqué cette entrevue pour rien au monde. Il trouva le condor au même endroit que d'habitude et, après quelques politesses, il décida de poursuivre la conversation interrompue à la dernière séance :

— Avez-vous vu « Citizen Kane » ou « Key Largo »? Aucune réponse ne vint satisfaire la demande, alors Butch usa d'un subterfuge :

— « Les raisins de la colère »

— Crouat ! Ah ça c'est du cinéma ! John Ford et la misère. Des morts comme s'il en pleuvait !

— Oui, je suis d'accord, avoua le jeune homme, j'avais lu le livre de John Steinbeck dans ma jeunesse. Et, dans le film, Henry Fonda y est épatant.

Devant l'enthousiasme retrouvé de l'animal, le garçon creusa dans une direction appropriée :

— « Dracula » ?

— Crouat ! J'aurais bien aimé rencontrer Tod Browning, je pense que lui et moi aurions pu nous entendre. J'ai une expérience certaine des cadavres en tout genre. Notre collaboration aurait été fructueuse. Je me serais évidemment porté volontaire pour nettoyer le plateau de tous ces cadavres. Dracula boit le sang de ses victimes et il les abandonne sans vie. J'imagine qu'après chaque tournage du réalisateur de film d'horreur, les cadavres ne manquaient pas !

— Mais Jo, ces cadavres n'étaient pas vraiment morts. Là encore, les acteurs simulaient. Le cinéma n'est pas la réalité !

— Oui, je le sais, mais ne crois-tu pas que Tod Browning aurait pu m'indiquer où trouver de vrais vampires ?

Les connaissances de Jo sur l'art cinématographique étaient, Jo le constata, basées sur le nombre de macchabées abandonnés sur les chemins. Qu'importe s'ils étaient bons ou méchants, seule comptait la quantité, sa déception de voir les morts enterrés sonnait le glas à la qualité du film. Ainsi, de nombreux films de guerre, de péplum ou de cape et d'épée furent cités, plus le sang coulait, plus Jo distribuait des bons points. Cécil B DeMille et Michael Curtiz étaient, avec John Ford, ses réalisateurs préférés. La reconnaissance pour les acteurs allait à celui qui tuait le plus ou qui mourrait avant la fin, ce qui positionnait les femmes dans une catégorie secondaire. Victor Mature mourrait dans « La poursuite infernale » de John Ford, ce qui lui donnait évidemment un avantage sur Henry Fonda. « L'île des morts », « Le récupérateur de cadavres » ou encore « L'invasion des profanateurs de sépultures » tenaient le haut du pavé de ses films préférés.

Quand Jo affirma avoir mangé Clark Gable, le jour suivant la projection d'un de ses films, Butch dut insister longuement pour faire entendre au rapace qui lui tenait tête, que l'acteur, à sa connaissance, n'était pas mort puisque, selon les actualités de la semaine passée, il tournait un nouveau film sous la direction de Raoul Walsh. L'oiseau, devant l'évidence de son erreur, tourna la tête vers l'Est, entreprit de bouder quant le jeune homme vint à son secours en disant :

— Quel était donc le nom du film ?

— Crouat ! crouat ! « Les implacables » je crois…

— « Les implacables » ! Mais je l'ai vu celui là, Clark Gable ne meurt pas, c'est Cameron Mitchell qui se fait tuer !

— Quoi, j'aurais donc mangé Cameron Mitchell ? dit le condor d'un air fier et satisfait.

— Mais non ! c'est un acteur, il ne meurt pas pour de vrai, c'est du cinéma !

— Oui, mais moi, je l'ai mangé le lendemain !

— Je suppose qu'il s'agissait là de son sosie. Parfois, certains ressemblent à s'y méprendre à l'original. J'ai même entendu dire que certains acteurs ne jouent presque jamais et qu'ils se font remplacer pour toutes les scènes dangereuses. Et puis, Cameron Mitchell n'est pas un très bon acteur.

— Crouat ! moi, je l'avais trouvé très bon !

Le sifflet retentit dans le désert signe que la discussion arrivait à son terme. Jo sortit de son silence et dit au jeune homme :

— Crouat ! Quand reviens-tu voir ta mère ?

— Le mois prochain, très certainement.

— Crouat, tu sais, mon garçon, je…je n'ai pas trop la notion du temps qui passe. J'ai apprécié cette conversation autant que les précédentes, mais la prochaine fois que tu viendras, je souhaiterais te faire une proposition, tu verras, cela risque fort de t'intéresser. Mais nous en reparlerons la prochaine fois, le plus vite serait le mieux.

— Tu sais, Jo, je n'aime pas trop les surprises. Un mois risque d'être long, pourrais-tu m'en dire deux mots dès à présent ?

L'emplumé fit mine de réfléchir puis, comme il avait vu faire Humphrey Bogart dans « Le trésor de la Sierra Madre » il prit un air cabotin et lâcha :

— Crouat ! Un trésor !
Son cou s'était replié sur lui-même, il se forçait à tenir un œil fermé pour se donner un air louche. Butch faillit éclater de rire tellement la situation lui semblait ridicule mais il n'en fit rien. La révélation stupéfia cependant le jeune garçon qui ne sut s'il devait prendre la proposition au sérieux ou non. Fort de cette information de dernière minute, il salua le condor, qui s'envola dès l'entrée en gare du City, le seul convoi, parcourant la ligne jusqu'à Las Vegas.

6

Au Flamingo, les journées paraissaient doubles depuis que Jo avait mis en tête à Butch, qu'un trésor existait quelque part. De son travail de cuisinier, il n'en pouvait plus. Victor, son chef, un abruti qui n'avait d'yeux que pour la jolie serveuse prénommée Sandra, devenait tyrannique à son égard. La moindre contrariété se transformait en insulte et Butch ne savait à qui s'en plaindre. Les coups tombaient sans raison et bientôt Butch dut se résoudre à penser qu'il était devenu le nouveau souffre-douleur de son chef. Le Flamingo était l'établissement le mieux côté de Las Vegas, quiconque y travaillait était considéré. Le quitter aurait été un échec cuisant aux yeux de tous. La première question d'un nouvel employeur aurait concerné les raisons d'un départ du prestigieux hôtel. Butch en était certain, il devait tenir bon ; et si Victor attendait qu'il démissionne, il pouvait toujours courir.

Evidemment, le chef était libre de le renvoyer, mais cela n'était pas dans ses habitudes. Son plaisir à harceler le menu fretin était connu, d'autres en avaient fait les frais avant Butch. Mais ce qui exaspérait le jeune cuisinier, c'était la cour qu'il tentait auprès de

Sandra. La demoiselle était arrivée un mois avant lui et Butch était tombé sous le charme de la belle rousse. Il ne se sentait ni le droit ni la capacité à déclarer sa flamme mais son cœur et son âme avaient été conquis à la minute même où il l'avait aperçue pour la première fois. La jeunette n'avait pas vingt ans et cela convenait à Butch qui venait tout juste de souffler sa vingtième bougie. Pour l'occasion, sa mère lui avait confectionné un costume qu'il s'était promis d'inaugurer à sa première sortie avec l'élue de son cœur. Sa mère lui avait affirmé, lors de l'essayage, que le vêtement lui allait comme un gant. Viendrait le moment où il devrait surmonter sa peur et sa timidité et faire sa demande. Oh, rien de très engageant, juste une promenade en ville ! Dans le meilleur cas, peut-être oserait-il proposer un cinéma ? Dans sa petite chambre de bonne, Butch s'entrainait souvent devant le petit miroir, en l'absence évidemment de son compagnon de chambre, Robert, qui partageait le loyer. Cent fois, il prononçait la phrase miraculeuse qui persuaderait Sandra d'accepter cette invitation en tout bien tout honneur. Victor, son chef, avait depuis longtemps déjà tenté sa chance auprès de la belle. Bien qu'heureusement il n'ait point atteint son but jusqu'alors, sa réputation de tombeur avait raison d'être. Victor était bel homme, bien dans sa peau de « joli-cœur » doué d'une aura naturelle et d'une aisance face à la gente féminine, et, de plus, il était expert en matière de drague. Tôt ou tard, Sandra finirait par tomber dans ses filets ou, pire encore, dans ses draps. Il ne fallait donc pas perdre de temps.

Butch ne se sentait pas prêt pour une approche en règle, d'autant que la belle ne lui prêtait guère d'attention. Il se mit à envier Victor et son aplomb légendaire, son assurance dans toutes les situations. Selon Butch, le monde était injuste, pourquoi certains hommes étaient dotés de capacité et de savoir-faire quand d'autres restaient démunis face aux obstacles de la vie ? Il avait été témoin la veille au soir, alors qu'ils rejoignaient la sortie après le service, de la gifle que Sandra avait infligée à Victor. Comme témoin de l'affront, Butch ne put s'empêcher de pouffer de rire. Comprenant aussitôt son erreur, le garçon détala rapidement, sachant pertinemment qu'il allait en payer le prix dès le lendemain.

Lorsqu'il prit son service, ce mercredi soir, Butch fut surprit par l'attitude de Victor. Le service se déroula normalement ou plutôt mieux que les jours précédents, fallait-il y voir un signe de reddition de la part du chef ? La réponse ne tarda pas à venir. Lorsque Butch grimpa sur sa bicyclette pour rejoindre son appartement, sur le chemin, trois garçons lui firent obstacle et le forcèrent à entrer dans une ruelle sombre. Le quart d'heure qui suivit fut une hécatombe. Les coups volèrent sans que jamais Butch ne puisse jamais distribuer les siens. Quand les assaillants l'abandonnèrent enfin, il ne restait pour toute victime qu'un garçon replié en boule, mortifié, incapable de se relever. Des trois malfrats, Butch avait vaguement reconnu Victor, et déjà, il redoutait leur retrouvaille du lendemain.

La situation avait pris une tournure inattendue, le garçon avait désormais conscience d'être dans le pétrin. Quelle serait la prochaine étape ?

7

Tôt le matin, on avait annoncé la venue en cuisine de Monsieur Meyer Lansky lui-même. Le grand patron n'entrait que rarement dans cette partie de son établissement. Victor était sur le qui-vive et les cuisines avaient été passées au crible. Lorsque le célèbre mafieux pénétra dans l'antre culinaire, tous étaient sur leur trente-et-un. L'inspection ne dura que quelques minutes, assez pour Victor pour bien lécher les bottes du patron avec un compliment stupide sur le nouveau chapeau de Lansky. Le grand homme lui avait rétorqué cyniquement que, pour se l'offrir, il devrait travailler près de six mois. Piqué au vif devant son équipe, Victor se retint d'en rajouter, l'humiliation était grande et, comme Lansky s'était mis à rire, toute l'équipe l'avait imité. Sauf Victor. Butch imagina déjà qu'ils allaient tous devoir endurer l'irritation du petit chef. Lansky avait dévisagé chacun de ses employés, comme s'il cherchait un coupable. L'œil affûté se posait sur le visage des jeunes apprentis qui, toujours au garde à vous, s'efforçaient de tenir la tête haute sans jamais regarder le saint homme directement dans les yeux. Quand il s'arrêta sur Butch, il s'immobilisa :

— Qui t-a fait ça, mon garçon ?

— Je ne sais pas, monsieur Lansky. Des voyous au nombre de trois m'ont attaqué hier au soir après mon service.

— Ils t'ont volé quelque chose ?

A cet instant, mille choses traversèrent l'esprit de Butch. Tout s'embrouilla soudainement ; les coups lui revinrent en mémoire comme si rien n'avait cessé. Comment avait-il pu être aussi idiot ? Mortifié, il avait abandonné son vélo et était rentré péniblement chez lui. Il s'était glissé dans son lit tout habillé espérant ne pas réveiller son compagnon de chambre qui n'aurait pas manqué, s'il l'avait vu, de lui poser mille questions. Il avait senti le sang dans ses veines, les coups résonnaient encore et encore. Sa tête allait exploser. Enfin, il finit par s'endormir. A l'aube, Robert l'avait secoué comme chaque matin :

— Butch, réveille-toi ! Tu es déjà en retard ! Bon, salut, moi j'y vais ! avait dit Robert avant de claquer la porte derrière lui.

La question de monsieur Lansky était inattendue et pourtant, elle était essentielle ; pourquoi n'y avait-il pas pensé plus tôt ? Lui avait-on volé quelque chose ? Oui, oui, bien sûr. Son salaire de la semaine passée. Celui que Victor lui avait donné comme chaque semaine, la veille au soir, juste avant de quitter l'hôtel. Oui, il en était certain, l'argent avait disparu. Mais devait-il le dire à Lansky ? Quelles en auraient été les conséquences ? Devait-il dénoncer Victor sans preuve ? Etait-ce vraiment le moment pour déclarer une guerre qu'il n'était même pas certain de gagner ?

— Non, monsieur Lansky, on ne m'a rien pris. C'étaient des voyous, c'est tout !

— Rappelle-moi ton nom, mon garçon.

— Walker, Butch Walker, monsieur Lansky!

— Eh bien, Butch, tu es dans un sale état ! Tu devrais apprendre quelques passes. Je connais un ami propriétaire d'une salle de boxe où tu pourras t'entrainer. La prochaine fois, tu pourras te défendre et infliger quelques coups à ces petits malfrats. Peut-être auras tu la chance d'en marquer un, pour mieux le retrouver le lendemain ? Dans cette ville, tu dois apprendre à te défendre, sinon ils t'auront, je te le jure, mon gars ! Demande à Victor, il connait l'adresse du club de boxe.

— Merci du conseil monsieur Lansky, répondit-il poliment.

Sitôt la visite passée, Butch se précipita dans le vestiaire pour vérifier son pressentiment. Sa main fouilla plusieurs fois chaque poche sans succès. Il revint à son travail, tout en se méprisant, à la fois désolé et fou de rage. Si Victor l'avait interpellé à ce moment, il en aurait fait un punching-ball. Curieusement, son aîné le laissa tranquille, sans doute redoutait-il une mauvaise réaction de son souffre-douleur. Ne l'avait-il pas assez cogné, la veille au soir ?

A présent, ce qui ennuyait Butch, c'était son salaire envolé et les conséquences que cela allait inévitablement engendrer. Sa logeuse qui lui demanderait sa semaine de loyer. La dette contractée auprès de Robert à qui il avait promis un remboursement imminent, cette restitution était désormais compromise. Quel imbécile ! Pourquoi avait-il dépensé autant d'argent en si peu de temps ? Certes, les voyages réguliers à Nipton amputaient ses revenus mensuels mais sa mère compensait la dépense par une enveloppe glissée dans sa poche avant chaque départ. Non, il le savait, l'investissement du tourne-disque l'avait ruiné. Sur le chemin qui l'emmenait chaque matin à son travail, Butch passait devant la vitrine du magasin de disques. Très vite, il avait fait son choix pour un modèle français de marque Teppaz. Le prix lui parut convenable et le commerçant lui fit une offre encore plus alléchante. Agrémenté de quelques disques, ses économies y passèrent cependant, et ce, malgré le précieux conseil de sa chère mère de toujours garder un petit coussin « au cas où ». Il n'en n'avait fait qu'à sa tête.

Butch avait eu dans l'idée qu'un beau jour, avec Sandra, ils auraient pu se retrouver dans sa chambre, il lui aurait fait écouter le disque de Bill Haley « Rock around the clock » et celui de Fats Domino « Goin' home » ; et comme il n'en avait pas d'autres, ils les écouteraient en boucle, une face après l'autre. En cette année 1958, le rock'n'roll battait son plein, au grand désespoir des parents, et les radios locales inondaient les ondes de ce tohu-bohu. Evidemment, les jeunes en raffolaient, Butch n'était pas le dernier. La coqueluche des filles était, bien entendu, Elvis Presley, il aurait aimé acheter le dernier 45 tours, « King creole » mais il faudrait attendre. Sans doute qu'après s'être épuisés dans des danses endiablées, les deux tourtereaux se seraient embrassés. C'était là le plan d'un jeune homme qui allait probablement être mis à la porte par sa logeuse s'il ne trouvait pas quelques billets verts rapidement.

Lorsqu'il tailla en rondelle les carottes qu'il venait d'éplucher, la lame tranchante avait une couleur de sang. Ses doigts se cramponnèrent au petit manche en bois espérant que le chef s'en mêle. Butch enfoncerait l'arme blanche dans le ventre de Victor et retiendrait le corps agonisant de sa victime afin qu'il ne puisse se démettre de son sort. Leurs regards ne feraient plus qu'un jusqu'à ce qu'un voile vienne assombrir celui de cette crapule. Pourtant, rien ne se passa ainsi et le soir vint où il franchit le seuil de sa chambre. Robert ronflait légèrement et Butch n'eut pas le courage de le réveiller et de lui raconter son malheur.

Il n'avait pas la moindre intention de se rendre à la salle que lui avait recommandée Meyer Lansky, il savait très bien que le déjà célèbre mafieux en était le propriétaire et il n'avait aucune envie de retrouver Victor pendant ses entrainements. L'affaire était close.

8

Quand Butch posa les pieds sur le quai de la gare de Nipton, ce jour là, il entendit une petite musique qui crachouillait du petit haut-parleur métallique, celui-là même qui servait à informer les passagers des mouvements de la compagnie de chemin de fer. Il se précipita vers le porche et fut d'abord étonné par la propreté des lieux. La croute de fiente avait disparu et l'oiseau s'était envolé. Le garçon vint trouver le chef de gare, il fut surprit de trouver un autre homme.

— Pardon monsieur, où est le vieil homme qui, le mois dernier était derrière ce comptoir ?

— Ah ! Oui ! Bobby. Vous le connaissiez bien ?

— Comment cela « connaissiez » ? Est-il mort ?

— Oui, jeune homme. Il n'était plus tout jeune et on l'a retrouvé dans son lit voilà de cela quinze jours. On m'a dit que sa dépouille était enterrée au cimetière paroissial où, selon certains, il espérait reposer en paix. Moi, je suis entré en fonction dès le lendemain pour le remplacer.

— Pourquoi cette musique ?

— Ah ça ? Oui, j'ai branché un poste transistor près du microphone pour envoyer de la musique sur le quai.

Non pas que j'aime cela, mais c'est la seule façon que j'ai trouvée pour faire fuir ce maudit vautour qui chie sous le porche. Bobby avait dû l'adopter puisque cet oiseau de malheur y avait élu domicile. L'odeur et la crasse étaient insupportables, alors j'ai fait le ménage. J'espère que désormais vous n'aurez plus à souffrir de cet inconvénient.

Après quelques mots de politesse, Butch prit le chemin de chez sa mère, déçu de n'avoir pas revu Jo. Ainsi, l'espoir d'en apprendre plus sur un éventuel « trésor » venait de tomber à l'eau dans ce désert si sec.

Pendant deux jours, il écouta les recommandations de sa mère, il ne put lui cacher sa mésaventure bien qu'il limita l'histoire au vol dont il fut victime, passant sous silence la sévère correction qu'on lui avait infligée. Sa mère se précipita vers la boite en fer blanc et en retira quelques dollars qu'elle enfouit dans une envcloppe. La somme était très exactement le double des fois précédentes et la mère de Butch s'excusa de ne pouvoir faire mieux, ses maigres revenus ne lui permettaient pas une dépense supérieure, avait-elle ajouté humblement. Elle lui promit cependant, qu'elle se saignerait afin de lui assurer le même traitement le mois prochain. La générosité de sa mère allait bien arranger ses affaires. Sachant ce qu'il en serait, il avait promis à sa logeuse de la payer dès son retour de Nipton. Robert quant à lui s'était contenté d'augmenter le taux d'intérêt du prêt offrant ainsi un répit confortable à son ami de chambrée. Gagnant-gagnant, lui avait dit le prêteur avisé. Après avoir accompagné sa chère maman au cimetière pour un dernier hommage au vieux Bobby, il prit le chemin de la gare ou l'attendrait le City de Las Vegas. Madame Walker n'accompagnait jamais son fils unique au départ du train, l'émotion aurait été trop grande.

Sur le quai, le silence régnait et Butch en ignorait la raison. Il pressa son pas en direction du porche dans l'espoir d'y trouver des plumes ; encore une fois, il trouva l'endroit désert. Il s'assit cependant sur la banquette en cuir ; immédiatement il sentit le petit air rafraichissant. Il devait reconnaitre que, l'odeur en moins, l'auvent était propice à une sieste, mais il savait que le train, cette fois ci n'allait pas tarder. Il reporta l'idée d'un roupillon qu'il pourrait, malgré le vacarme du train, effectuer pendant le voyage.

Il se mit à rêvasser en contemplant le désert quand il crut apercevoir au loin, enfin à une bonne centaine de mètres, sur un arbre mort, un vautour. A y regarder de plus près, il fut vite convaincu qu'il s'agissait en fait d'un condor de Californie. N'ayant toujours pas entendu le sifflet du City, il décida, en laissant son sac de voyage sur la banquette, de se précipiter vers l'arbre. Lorsqu'il arriva, à peine essoufflé, où Jo l'attendait, Butch devança tout propos :

— Je suis désolé, Jo, je ne vous avais pas vu !

— Crouat, oui, j'ai du déménager ! Son cou s'était retourné d'un demi-tour, signe que l'oiseau n'était pas à prendre avec des pincettes.

— Vous n'avez pas convaincu le nouveau chef de gare de vous garder ?

— Crouat, non, ce n'est pas ça !

— Quoi donc ?

— Crouat ! Ils ont enterré le vieux !

— Ah, je vois ! Je suis désolé. Je suppose que vous êtes en deuil de votre ami. Je l'aimais aussi, ce bon vieux Bobby.

— Crouat, non, ce n'est pas ça !

— Quoi donc ?

— Crouat, quel gâchis !

— Vous ne pensiez tout de même pas le manger ?

— Crouat, arrêtez, cette idée me donne l'eau au bec !

— Vous voulez dire « l'eau à la bouche »

— …Crouat !

C'est à ce moment que retentit dans le désert le sifflet de l'Union Pacific. Le temps était compté, il devait obtenir quelques renseignements complémentaires sur le fameux magot.

Depuis leur dernière rencontre, Butch avait souvent pensé à Jo. Plusieurs phases lui avaient tantôt fait admettre que ce vautour n'était autre qu'un mirage, tantôt, il se mettait à rêver de richesse miraculeuse. Si un vautour…ou plutôt un condor, ayant le don de la parole, pouvait connaître l'existence et l'emplacement d'une pareille fortune, que pouvait-il faire d'autre que de partager l'information avec un humain, seule personne habilitée à dépenser de l'argent ? Nul n'avait déjà vu un oiseau avec une montre en or ! Quel intérêt cependant, avait l'emplumé à lui confier son secret ? Qu'en tirait-il pour son profit ?

Butch, dans toute sa naïveté se mit à rêver de la revanche qu'une telle découverte pourrait avoir sur sa propre situation. Victor serait vert de rage. Sandra, des bracelets aux bras et des colliers à son joli cou, invitée à monter à bord de sa Chevrolet au nez et à la barbe du chef cuistot. Evidemment, Butch se voyait l'heureux propriétaire d'une blanchisserie ou peut-être bien d'un casino. Il poussa même le rêve en réduisant Victor à l'état de traîne-savate en train de lui cirer les chaussures au détour d'une rue. En bon gentleman, Butch lui lancerait une pièce, par terre, dans une flaque d'eau de pluie, pour le plaisir de le voir ramper dans la boue.

— Jo, le train arrive donc j'irai droit au but : l'autre jour vous avez fait allusion à un trésor. J'imagine que si vous m'en avez parlé, c'est qu'une confiance est née entre nous. Si ce trésor existe bien, que voulez-vous en échange ?

Jo avait bien entendu, il était certain qu'il tenait à présent le bon individu. Il ne restait plus qu'à ferrer le poisson. Aussitôt, il retrouva le moral et allongea son cou au plus long. Ses yeux étaient à présent scintillants comme deux rubis au soleil.

— Crouat ! Bien sûr qu'il existe ! Bon, je n'ai aucune notion de la valeur de ce trésor, mais le sac contenait, vu sa taille et son poids, certainement un paquet de billets verts. Pour une fois qu'un homme creusait une tombe pour y mettre autre chose qu'un cadavre !

— Et où est cette tombe ?

— Crouat ! Je te le dirai en temps voulu. Il est dans le désert et personne d'autre que toi n'ira le chercher. En échange, je ne demande rien d'autre qu'un bon cadavre. Je suis un nécrophage et quotidiennement je dois trouver ma nourriture. Les temps sont durs pour tout le monde et je deviens vieux moi-aussi ; si tu pouvais m'offrir un bon festin, j'en serais ravi.

— Quoi, vous voulez que je vous apporte un cadavre ?

— Crouat ! Tu peux trouver un vivant, c'est plus facile à transporter, mais moi je les mange morts.

— Vous voulez que je tue quelqu'un ?

— Crouat, crouat ! Je pensais plusieurs !

Le train entrait en gare et Butch dut s'empresser de rejoindre son wagon. Un instant plus tôt, Jo s'était recroquevillé sur lui-même et avait eu une attitude curieuse. Butch lui posa la question :

— Qu'y a-t-il Jo, vous souffrez ?

— Crouat, hrummm ! Oh ce n'est rien, j'ai parfois des douleurs au niveau du gésier. Peut-être ne passerai-je pas l'automne ? Ce serait dommage, j'aimerais tant te revoir, garçon ! Allez, va prendre ton train ! Ah j'y repense à présent, l'un des hommes a dit comme ça : « Monsieur Lansky va devoir s'asseoir sur 200 000 $ »

Sur le trajet jusqu'à Vegas, Butch repensa à ce qui avait été dit. Tout ceci devenait macabre et simplement ridicule…

« 200 000 $ » !

9

Butch reconsidéra la proposition de Lansky concernant des séances de musculation. Plutôt chétif, le cuisinier savait qu'il était vulnérable et que l'agression dont il avait été victime risquait fort de se reproduire. De plus, il ne pouvait pas prendre le risque de se faire dépouiller une seconde fois. Evidemment, il lui faudrait puiser dans ses économies mais ça en valait le coup.

Il entra donc dans cette petite salle tout près de chez lui dans laquelle trois gars s'acharnaient sur des punching-balls. Un quatrième soulevait de la fonte, taillé comme Johnny Weissmuler alias Tarzan. Le molosse transpirait à grosses gouttes. Butch détourna son regard vers un petit bureau vitré dans lequel un type criait des propos incompréhensibles dans un téléphone crasseux. Enfoncé dans un fauteuil délabré et les pieds posés sur le coin du bureau, celui qui semblait être le patron ne sembla pas se préoccuper de ses champions. Butch patienta un long moment avant que le type ne raccroche brutalement. Comme l'homme s'apprêtait à reprendre l'appareil, le jeune cuistot se permit de franchir le seuil du bureau sans y avoir été invité. Un nuage de fumée épaisse en sortit en même temps qu'une insulte proférée à son intention :

— Espèce de petit con, qui t'a permis d'entrée ?

Le type pompa son cigare comme un crapaud en attendant une réponse :

— Bonjour monsieur…

— Baxter, imbécile ! Tu viens chez moi et tu ne connais même pas mon nom !

Le sale type avait crié chaque mot et Butch hésita à faire volte-face pour s'enfuir. Il comprit que jamais il ne confierait un dollar à cette brute. Pourtant, il prit sur lui et dit :

— Oui, monsieur Baxter, c'est monsieur Lansky qui m'a conseillé de venir vous voir !

La phrase prononcée, le patron de la salle changea de couleur et d'attitude :

— Ah, monsieur Lansky! Qu'y a-t-il pour toi, mon garçon ? demanda t-il alors trop poliment.

Après l'échange d'informations sur les horaires et le prix avantageux que Baxter lui concéda, les deux hommes se scrrèrent la poigne. Lorsqu'il réapparut dans la rue, la main en feu comme si elle venait de passer dans un étau, Butch eut la malchance de tomber sur les deux gars qui accompagnaient Victor le mois précédent. L'un d'eux était un géant d'au moins un mètre quatre-vingt-dix, blond facilement reconnaissable ; l'autre inversement petit, brun, le visage buriné à force d'avoir pris des coups. Cette coïncidence n'augurait rien de bon. Ils lui barrèrent la route et le grand empoigna le jeune homme par le collet :

— Alors, freluquet, on vient se muscler ?

Comme la question n'attendait aucune réponse, Butch garda le silence.

— Bon ! Victor nous a dit…pour la visite de Lansky l'autre jour, tu n'as pas moufetté, c'est pas mal ! Allez fous le camp, c'est bon pour cette fois !

Butch étonné de s'en ortir aussi rapidement et à bon compte ne demanda pas son reste. L'autre, le petit, qui n'avait rien dit et surpris que son camarade abandonne si vite la partie, renifla un grand coup, cracha dans le caniveau et sortit une lame de sa poche arrière.

— Attends, attends ! je n'en ai pas fini avec toi, moi ! T'aurais pas un p'tit bifton à me donner par hasard ?

— Non, vous m'avez tout pris la dernière fois !

Les deux voyous se regardèrent et l'autre lança :

— Comment ça, la dernière fois ?

— Ben oui, quand vous m'avez tabassé l'autre jour et que vous m'avez piqué mon salaire !

Le regard des deux gars se croisa une seconde fois. Ils venaient de comprendre qu'ils s'étaient fait rouler dans la farine par Victor.

— Ah oui, je me souviens ; on allait se tirer et Victor est revenu sur ses pas. Je l'ai vu te fouiller mais il faisait nuit, je n'ai rien vu d'autre. Il m'a dit que tu n'avais rien sur toi.

— Ah le fumier, il va me le payer ! dit le grand blond.

Ce que Butch saisit à ce moment là, c'est bien que le cours de l'histoire était en train de changer. Loin de lui l'idée de se faire deux nouveaux amis, mais Victor venait de se créer un problème dont les conséquences pouvaient desservir ses intérêts. Butch décida de saisir l'opportunité et d'enfoncer le clou.

— Attendez, j'ai peut-être une proposition à vous faire ! Y'a pas mal de pèse en jeu !

— Cause toujours, dit le petit teigneux.

— Voilà, j'ai un ami, à cinquante bornes de là, qui à été témoin d'un meurtre.

— Et qu'est-ce que ça peut nous faire ?

— Il y a, qu'avant de mourir, le mort à enfoui un gros paquet d'oseille !

A ce moment là, les deux bad-boys étaient tout ouïe. Butch prit conscience qu'il était désormais engagé, qu'importent les circonstances, il ne pourrait plus se dérober. Son histoire devait être crédible de bout en bout malgré certains points impossibles à aborder.

— Vas-y, raconte !

— Eh bien, le moment venu, j'aurai besoin de plusieurs gars pour aller chercher le magot mais j'ai quelques détails à régler dont je ne peux malheureusement pas encore vous dévoiler la teneur.

— Admettons que ton histoire soit bien vraie, mais pourquoi donc toi et ton ami avez-vous besoin de nous ?

— Oui, j'attendais cette question ! Parce qu'il me faut une arme et quelqu'un qui sache s'en servir.

Pris de court par la question, Butch avait lancé cette histoire d'arme et le regrettait déjà.

— Traquenard ! C'est un traquenard, je m'en doutais lança le teigneux. Ce gars-là nous raconte des bobards et il croit qu'on va tomber dans le panneau ; mais c'est pas écrit crétin ici !

Le gars venait de désigner son front avec son doigt et sa main s'en alla rechercher la lame qu'il ressortit de sa poche. Butch devait trouver rapidement un argument de poids qui ferait retrouver son calme à ce scélérat.

— C'est vous qui tiendrez l'arme, vous n'avez aucun risque. Mais j'ai une condition….

— Ah oui laquelle ? demanda le blond.

— Victor ! Mon ami veut la peau de Victor !

Les deux gars se regardèrent. Butch venait de reprendre pied, il en profita pour dire :

— Vous liquidez Victor et vous l'enterrez à la place du trésor, c'est la condition ! Et on se partage le magot en trois !

10

Butch avait pris le risque de suivre Sandra à la sortie de chez elle. Ce n'était pas qu'un hasard si le jour de congé de la jolie fille rousse tombait le même jour que le sien. En ce milieu d'après-midi de printemps, ici, à Vegas, la température avoisinait déjà les trente cinq degrés Celsius. Quelques belles cylindrées circulaient sur le Strip, la rue principale de la ville. A cette heure chaude, toutes les lumières étaient éteintes mais les climatiseurs tournaient inlassablement. La moitié de la ville dormait, pendant que l'autre jouait encore. Les machines à sous ne s'arrêtent jamais à Las Vegas. Une amie était venue chercher Sandra et elles partirent ensemble pour une promenade ou plus probablement faire du lèche-vitrine, c'est tout du moins ce qu'avait pensé le jeune cuisinier. Que lui prit-il de les suivre ? Son oisiveté et son envie de flâner y étaient pour beaucoup, mais très vite sa curiosité prit le pas sur la raison. Lorsque les deux filles arrivèrent à proximité de la piscine municipale, il dut admettre qu'il s'était trompé. Elles pénétrèrent dans le bâtiment clos. L'espoir de voir Sandra en tenue légère l'émoustilla un instant mais il ne pourrait pas entrer sans maillot de bain. L'opportunité de croiser la belle serveuse au bord du grand bassin était pourtant une idée géniale. Le sac qu'il portait contenait quelques effets dont il avait besoin pour se rendre à la séance de Baxter deux heures plus tard. Par chance, la salle de sport était à deux pas, il n'hésita pas à entrer dans la boutique qui jouxtait la piscine et commercialisait des maillots de tous types. Un commerçant très aimable lui conseilla un maillot dernier cri mais, selon Butch, beaucoup trop voyant. Il porta son choix sur un short moins en vogue disons classique. Fort de son investissement, il se précipita sans perdre une minute dans les vestiaires « homme » puis dans le bassin réservé à son unique genre. Il pataugea au bord du bassin profitant de la fraîcheur de l'eau mais il ne put aller plus loin vu qu'il ne savait pas nager. Un détail pourtant important qu'il avait négligé. Sandra savait elle nager ? Qu'importe, il n'escomptait plus la rencontrer là, les femmes étant séparées des hommes par un paravent. Il regretta son empressement et sa stupidité. Pourquoi donc avait-il laissé ses pulsions le mener par le bout du nez ? Il profita cependant de la baignade n'espérant plus rien. Enfin, après avoir trempé pendant près d'une heure, il prit la décision de s'en aller ; il serait un peu en avance à son rendez vous avec Baxter mais il n'y avait là aucun crime. Il se dirigea vers les vestiaires quand il tomba nez à nez avec Sandra. La fille portait un bonnet étanche et le reconnut la première.

— Butch, mais que fais-tu là ?

Etonné qu'elle se souvienne de son prénom et qu'elle l'interpelle ainsi, Butch rougit comme un homard qui sort de l'eau bouillante avant de bafouiller :

— Ah bonjour Chandra, pardon Sandra.

— Tu viens souvent à la piscine ? Je ne t'ai jamais vu. Tu ne m'as pas suivie au moins ?

— Oui, oui, euh, je veux dire non, non ! Je dois filer, j'ai rendez-vous au, à… A bientôt !

Et il s'enfuit, abandonnant la belle rousse.

Sur le trottoir menant à la salle d'entrainement, le rescapé de ce fiasco fonçait tête baissée ignorant les passants. Chaque pas résonnait dans sa tête comme le tambour des Navajos. Il était fin prêt pour prendre les coups de Supertarzan. Butch se méprisa. Comment avait-il pu perdre ses moyens à ce point ? Non, il n'était pas digne de cette fille ! Même pas capable de prononcer son prénom correctement ! Qu'allait-elle penser de lui ? Elle s'imaginerait qu'il était là pour elle, ce qui n'était d'ailleurs pas faux.

11

Butch tenta d'imaginer la situation dans son ensemble. Jo devrait tôt ou tard indiquer l'emplacement de la tombe. Quelqu'un devrait convaincre Victor de le suivre en plein désert pour creuser une tombe soi-disant remplie de billets verts. Puis, l'un des deux vauriens descendrait le chef cuistot. Enfin, ils rentreraient tous à Las Vegas les poches pleines.

Il devait l'admettre, de nombreuses zones d'ombres restaient au tableau : Jo était-il encore vivant à cette heure ? Victor accepterait-il de suivre les deux autres dans le désert ? Etaient-ils vraiment des tueurs ? Partageraient-ils l'argent équitablement ? N'allait-il pas finir lui-même au fond du trou ? Et bien d'autres questions auxquelles il devrait répondre à commencer par la moralité : Irait-il se confesser ? Que penserait sa mère de tout cet argent gagné ? Pourrait-il encore se regarder dans un miroir après cela ?

Très vite l'ultime question devint : Comment se sortir de cette sale histoire ?

Désemparé, Butch décida d'en parler à Robert. Evidemment il omit volontairement de faire allusion à un vautour, préférant parler d'un ami handicapé qui s'appelait Jo « le condor » comme l'appelaient ses amis, ajouta le garçon cuisinier.

— Pourquoi donc ? interrogea Robert.

— Je ne sais pas moi, je t'appelle bien Bob, c'est son surnom, il ne faut pas chercher à comprendre !

— Mais non, ce n'est pas pareil ; Bob est un diminutif tout comme Jo est le diminutif de John ou de Joseph, mais « le condor » c'est un surnom ayant un rapport avec…avec une histoire !

— Eh bien, je t'en raconte une ! Tu m'énerves avec tes questions, je te dis que « le condor » a vu un homme se faire tuer sous ses yeux et toi, tu ne demandes pas qui l'a tué mais pourquoi il se surnomme ainsi !

— Ah oui, qui l'a tué ?

— La pègre, la mafia ou peut-être ses complices, qui sait ? mais ce gars là, le mort, il a enterré 200 000 dollars !

Robert, qui mangeait une pomme, faillit bien s'étouffer quand la somme contenue dans le sac arriva à son cerveau.

— Où ça ? fut la seule question qui lui vint à l'esprit.

Butch voyant son ami perturbé l'interrogea enfin :

— Robert, as-tu déjà tué quelqu'un ?

— Oui…non ! Mais c'était un puma, un gros, de ceux qu'on trouve dans le désert.

— Quoi ? Toi, tu as tué un puma !

— Oui ! J'étais avec mon frère et on avait posé des collets pour prendre des lièvres, comme notre père nous l'avait appris. Ce jour-là, un puma s'était fait prendre au piège. Mon frère a pensé que le félin devait poursuivre le lièvre du désert. L'animal agonisait probablement de n'avoir pu étancher sa soif. Il avait le contour de sa gueule pleine de sang et avait commencé à ronger sa patte pour se libérer du piège. Nous ne pouvions l'approcher parce que, bien que faible, il nous aurait attaqué. Nous décidâmes d'en finir avec lui. Mon frère proposa qu'on tire la courte paille, c'est moi qui ai tiré la plus longue ; j'eus le privilège d'appuyer sur la détente du vieux fusil de papa.

— D'accord Bob ! mais là, dans notre situation, il faudra abattre de sang-froid un ou plusieurs types et en bonne santé !

— Pour un 200 000, j'en tuerais bien une dizaine !

— Un 200 000 divisé en deux.

— Trois, j'imagine que ton ami « Jo » voudra sa part !

— Evidemment ! trois ! reprit Butch

Pendant ce temps, Jo eut maille à partir avec certains habitants de la bourgade de Nipton, furieux que le charognard fouille ainsi dans leurs poubelles. Pour le condor, les temps étaient durs et les cadavres ne tombaient pas du ciel. Ses jeunes congénères étaient toujours les premiers à table et ne lui laissaient que les restes, autrement dit : rien du tout ! Depuis près d'un mois, Jo n'avait plus de nouvelle de son nouvel ami et il commença à penser que la ruse du trésor n'avait pas fonctionné. Pourtant, récemment, il avait vu « Le trésor du pendu » de John Ford ; le film racontait l'histoire de plusieurs cowboys qui s'entretuaient à cause d'un trésor. Jo en était certain, les hommes sont suffisamment cupides et envieux pour satisfaire leur appétit d'or ou d'argent et tuer leurs semblables. Dans « Sept hommes à abattre » un homme seul poursuit des hors-la-loi pour des raisons obscures que seuls des humains peuvent comprendre, là encore, les balles sifflent dans tous les sens et laissent derrière les rochers des victimes bonnes à manger. Jo avait savouré ce film bien que l'intrigue principale lui échappait.

Jo continuait malgré la faim et les maux qui le tiraillaient à parcourir les écrans à la recherche du prochain film de John Ford. Quand il entendit le train dans la vallée, il redescendit près de la petite gare de Nipton, voir si Butch était de retour chez sa mère. Encore une fois, le garçon n'était pas au rendez-vous. Ainsi, déception après déception, il commença à penser que sa fin était proche. Tous se liguaient contre lui de la même façon que Billy the kid dans « Le gaucher ». Le héros, détesté de ses semblables, est descendu alors qu'il n'est pas armé. Un détail inutile selon Jo puisqu'enfin, il était mort, n'était-ce pas là l'essentiel ?

Ah ! Il était loin le temps jadis où Jo s'était entretenu avec Richard Widmark et Grégory Peck. Un soir de tournage, cela devait être celui de « La ville abandonnée », les deux acteurs s'étaient saoulés et ils avaient longuement discuté tous les trois de l'amitié entre les hommes. Ce fut la seule fois où Jo avait parlé avec deux hommes à la fois mais ces deux là étaient trop saouls pour le répéter à qui que ce soit. Le film avait été tourné non loin de là dans la vallée de la Mort ; Jo aurait bien aimé faire partie du décor, mais ce réalisateur de malheur les avait fait fuir, lui et quelques compagnons, à coups de plombs de chasse. John Ford n'aurait jamais fait cela. Plusieurs vautours avaient été touchés et étaient morts dans de terribles souffrances. Jo et les autres survivants avaient dû attendre que les techniciens s'en aillent avant de revenir nettoyer la scène du crime. Un festin funèbre à l'amitié.

Il en était certain désormais, Butch l'avait
abandonné à son destin. Il devait se rendre à l'évidence,
il allait mourir seul et, pour la première fois de sa vie,
Jo se demanda qui allait le manger.

Butch avait tout fait pour repousser une nouvelle rencontre improvisée avec Sandra. Ainsi, pendant près d'une semaine, il s'était réfugié le nez dans ses gamelles, volontaire pour chaque corvée d'épluchage de légumes. Pourtant, un soir, planté devant la porte de service, la demoiselle accompagnée de son amie, l'attendait de pied ferme.

Etonnamment, le garçon garda son calme et se tint la tête haute :

— Bonjour Butch !
— Ah, bonjour Sandra !
— J'ai comme l'impression que tu me fuis ces temps-ci ?

Etait-ce une question ? Qu'importe, Butch trancha dans le vif :

— Oh ! Je voulais te dire, pour l'autre jour, pardonne-moi, j'ai été maladroit, j'en suis conscient, mais tu m'as surpris alors que je ne m'y attendais pas !
— Alors c'est bien cela, tu m'as suivie jusque dans la piscine…

— Non, non, ce n'est pas ce que je veux dire. J'étais vraiment pressé, je devais me rendre à la salle de gym et j'étais en retard.

— Oui, tu t'en tires bien ! Tu nous offres un verre et on enterre la hache de guerre !

— D'accord !

— Je te présente Daisy ! Puis elle continua à faire les présentations : Daisy, voici Butch, tu sais l'idiot qui nous suivait l'autre jour à la piscine.

Elles pouffèrent de rire mais Butch ignora la moquerie, persuadé que c'était la meilleure solution. Daisy était plus petite que Sandra, elle avait une tête de poupée. De toute évidence, elle était réservée et marchait dans l'ombre de Sandra.

— Vous connaissez l'Oasis café, dit-il sans bégayer.

— Je n'y suis jamais entrée, répondit Sandra.

— Il vous plaira, il n'y a pas de touriste et la musique est bonne, affirma-t-il en guise d'invitation.

Sur le chemin, ils échangèrent des banalités. Sandra voulut en savoir plus sur cette salle de gym. Le jeune homme profita de l'occasion qui lui était faite de justifier son empressement la fois dernière ; il fit part du conseil de Lansky de se muscler afin de pouvoir affronter des importuns. Ils entrèrent dans le bar, l'ambiance y était douce et feutrée. Le comptoir était un mobilier d'architecture à lui seul et contribuait à donner un genre singulier à l'établissement. Au fond, dans une autre pièce, on entendait les balles de billard s'entrechoquer sans pour autant apercevoir les joueurs. Quelques ouvriers noyaient leur fatigue ou leur chagrin dans l'alcool pendant que des couples attablés discutaient tranquillement. Quelques jeunes gens entouraient le juke-box, le protégeant jalousement de quiconque aurait souhaité changer de musique. Les trois nouveaux amis commandèrent chacun une consommation et la discussion se prolongea paisiblement. Daisy prit part à la conversation, veillant bien à ne pas voler la vedette à son amie. De toute évidence, le mot lui avait été fait de rester en retrait. Butch pensa qu'une autre fois, il pourrait demander à Robert de se joindre à eux. Ainsi, l'opportunité de rester en tête-à-tête avec Sandra permettrait un autre type de conversation. Avec Daisy présente à leurs côtés, il était impossible d'entreprendre la moindre déclaration d'intention. Pourtant, Butch n'attendait plus que le bon moment pour manifester sa flamme à la jolie fleur qui le mangeait des yeux. L'un et l'autre étaient à présent conscients qu'ils éprouvaient un sentiment amoureux mais il revenait à Butch de faire le premier pas. Ce premier pas dont il avait rêvé tant de fois et qui le rongeait de l'intérieur. Ils avaient déjà bu deux verres chacun et les filles riaient aux blagues de Butch. S'il était noué de l'intérieur, sa langue, elle se portait bien. Il récitait les nombreuses blagues que Robert lui avaient apprises depuis son arrivée à Vegas. Etonné par tant de succès, Butch se sentait pousser des ailes. Son visage habituellement crispé, éclatait de bonheur, ses yeux pétillaient de plaisir . Il était Rock Hudson en train de séduire Dorothy Malone quand « l'étrange créature du lac noir » se pointa devant lui.

— Alors, le séducteur, on fait son numéro de comique !

Victor se dressait devant eux comme Robert Mitchum dans « La nuit du chasseur ». Le même frisson d'angoisse parcourut Butch, celui qu'il avait ressenti devant cette scène culte où Mitchum montre ses poings tatoués.

— Zut, le voilà encore ! Il va encore venir me raser celui-là! Lança Sandra ouvertement.

— Bonsoir, mesdemoiselles, dit-il, ignorant son collègue.

Victor était ivre et l'homme, d'habitude élégant n'était pas là à son avantage. Mais que faisait-il dans ce bar ? Les avait-il suivis ? Quand Victor entreprit de draguer les deux jeunes femmes, il était pathétique. Entre les blagues à deux balles, les rires excentriques et les postillons généreux, le ridicule était à son comble. Quand il prit enfin conscience que son jeune collègue le regardait, il s'en prit violemment à lui.

— Mais toi « demi-portion » qu'est-ce que tu fais là à la table de la mère de mes futurs enfants ?
Sans attendre de réponse, il s'adressa directement à Sandra :

— Et toi, qu'est-ce que tu fais avec ce loser ? Tu ne vois pas qu'il te mâte ce gringalet !
Victor était toujours planté à la verticale au dessus de la table quand, dans un sursaut, Sandra se releva, la main de la belle rousse vint le gifler avec une violence telle, que l'homme charismatique trébucha. Il avait perdu l'équilibre et son pied s'était retrouvé bloqué à cause d'un client qui passait là. De tout son poids, il s'affala

sur la table voisine, renversant les verres qui éclaboussèrent bon nombre de voisins de table. Sandra porta sa main meurtrie devant sa bouche consciente qu'involontairement elle venait de provoquer une réaction en chaîne aussi inéluctable que catastrophique. Victor se redressa tant bien que mal. Sa joue était rouge, ses cheveux en pagaille. Son regard envoyait des éclairs de fureur, d'abord à la jeune femme puis à Butch. Il venait de perdre toute sa confiance de grand séducteur et sa frustration devant tous ces gens était perceptible. On aurait presque pu voir une larme dans le coin de son œil s'il n'avait lutté contre le ridicule de la situation. Tous le regardaient. Le barman avait appelé plusieurs amis à la rescousse et s'approchait dangereusement du pochetron. Des jurons commencèrent à fuser à son encontre et il savait qu'il devait quitter le bar avant qu'une rixe n'éclate dont il serait la première cible, juste le temps d'aboyer :

— Vous me le paierez ! Et toi « avorton » tu peux déjà chercher un nouveau boulot !

Devant la menace des videurs, il eut la présence d'esprit de déguerpir honteusement.

14

Comme prévu, Victor refusa la proposition des deux crapules de le suivre dans le désert à la recherche d'un hypothétique trésor. Il affirma même que leur prétendu ami n'était qu'un menteur affabulateur. Bien entendu, le nom de Butch ne fut jamais prononcé.

Maurice, le blond, un français émigré aux USA avait la ferme intention de rejoindre Hollywood pour commencer une carrière d'acteur, comme son compatriote Maurice Chevalier l'avait fait trente ans plus tôt. Si son modèle s'était grandement distingué, ce Maurice là avait vu sa destinée s'envoler quand les portes des studios hollywoodiens s'étaient refermées devant ces piètres prestations. Concluant que le métier n'était pas prêt à le recevoir, il décida de tenter sa chance dans la ville effervescente, Las Vegas, « là où tout est possible », disait le dépliant. Pour des besoins financiers urgents, il participa à de petits recels et très vite sa carrière de truand débuta. Sur le haut de son bras droit, il s'était fait tatouer « BB ». Lui seul savait que c'étaient les initiales de Brigitte Bardot, l'étoile montante en France qu'il avait vue en chair et en os, l'an passé lors de la promotion du film de Vadim « Et Dieu créa la femme ». Un film scandale que, selon lui, trop peu d'américains avaient vu et qui valait son billet. Vadim, toujours selon lui, marquait par ce film un tournant dans le cinéma. Le français, comme l'appelait Victor, déçu de son expérience avortée à L.A. arriva à Vegas où il y avait rencontré dès le premier soir, un petit homme qui n'avait d'Italien que les origines et le surnom : « Piccolo » bien qu'il se nomma Alberto. Il n'avait jamais mis les pieds sur la terre de ses ancêtres mais gare à celui qui l'attaquait sur ses origines. Du cinéma, il ne connaissait presque rien, à part Sophia Loren et Gina Lollobrigida parce qu'il les avait vues dans un magazine. Lui, c'était la politique et le parti communiste. Malgré la fin du maccarthysme quelques années plus tôt, de nombreux américains d'alors se méfiaient des communistes, ce qui poussait souvent Maurice à dire à Alberto : « ferme ta gueule, tu vas nous faire prendre avec tes idées à la con ! » De toute façon, il n'avait pas la moindre conviction politique.

Les deux voyous avaient fait les cent coups sans jamais avoir été inquiétés. Piccolo disait que c'était grâce à son génie italien et il prenait en exemple ces grands noms connus de tous en commençant toujours par Lucky Luciano. Il prétendait être de la famille de Salvatore Giuliano, un grand bandit sicilien. Pour l'agacer, Maurice lui disait alors : « ça fait de toi un sicilien, pas un italien ! » et Piccolo se mettait dans un état de colère noire. Un jour, lors d'un trafic de boites de conserve, ils avaient fait la connaissance de Victor, un responsable des cuisines au Flamingo. Leurs nombreuses magouilles profitaient à tous, sauf aux victimes évidemment.

Malgré leurs disputes incessantes, les deux compères s'entendaient à merveille, et quand Victor prétendit que leur « ami » les avait roulés dans la farine avec cette histoire de trésor abracadabrante, Piccolo faillit bien prendre la mouche et lui rappeler ce qu'était l'amitié et surtout l'honnêteté. Par chance Maurice l'en empêcha et tint ces propos :

— Oui, tu as peut-être raison, c'est sûrement des conneries mais si c'est vrai, on divisera en trois et non en quatre. Si tu ne veux pas venir, c'est ton droit. Nous, on y va, on ne risque qu'une chose, c'est de revenir les poches pleines ! dit Maurice avec son accent Frenchie.

— Et pourquoi votre ami n'y est pas allé lui-même, chercher ce magot ? Et pourquoi avons-nous besoin d'être autant ?

— Eh bien, à vrai dire, je lui ai posé la question mais il ne me l'a pas dit. Il m'a dit qu'il ne pouvait pas le dire pour le moment, qu'il avait quelques détails à régler avant.

Piccolo confirma :

— Oui, c'est vrai, c'est ce qu'il a dit ! Mais pour les dollars, il a dit que c'était vrai !

— Mais triple idiot, vous ne voyez pas que ce type vous mène en bateau !

— Mais non, c'est dans le désert !

— Ce n'est pas ce que je veux dire ! Il vous emmène dans un traquenard, c'est tout !

— Oui, un traquenard, c'est bien ce que je lui ai répondu !

— Ta gueule Piccolo !

— Et puis qui c'est ce mec ?

Maurice et Piccolo se regardèrent, ils hésitaient, c'est l'italien qui avoua :

— C'est le type qu'on a tabassé l'autre jour !

— Quoi ? Butch ? Mais vous êtes cinglés ! Evidemment que c'est un traquenard ! Il veut nous conduire dans un coin où une demi-douzaine de caïds nous transformera en merguez. C'est une vengeance, une punition, une vendetta ! Mais qui c'est ce gars pour monter une opération pareille ?

— …. …Un silence s'installa.

— Et bien, puisqu'on le sait, pourquoi on ne lui tendrait pas un piège à ce Butch ? Nous aussi on a des copains !

Victor réfléchit à cette hypothèse un court instant avant de reprendre :

— Mais pourquoi on ferait ça ?

— Pour le fric !

— Mais puisque je te dis qu'il n'y en a pas de fric, imbécile !

Piqué au vif, Piccolo pris la mouche :

— Et, toi, le cuistot ! C'est bien toi qui nous a entrainés dans cette embrouille ! Nous, ce type, on le connaît même pas !

Victor était dans ses pensées. Ainsi le joli-cœur prenait les devants et voulait lui rendre la monnaie de sa pièce. Non seulement, il lui piquait sa dulcinée, il le ridiculisait en public et maintenant, il montait un coup contre lui. Ce gars là était fou, Victor savait y faire, il avait des appuis. Maurice n'avait peut-être pas tort. Peut-être fallait-il finir le travail ? Ne fallait-il pas être le chasseur plutôt que la proie ?

— D'accord les gars, on essaie d'en savoir plus et on monte un plan. Il faut savoir qui sont les hommes qu'il a embauchés. Je veux tout savoir. On ira peut-être dans le désert à son rendez-vous ! Tachez de savoir quand il compte nous emmener là-bas et par quels moyens !

— Attends Victor ! Et qu'est-ce qu'on y gagne nous dans cette histoire ? Déjà, la fois dernière, tu as oublié de nous donner notre part !

— Quelle part ?

— Je t'ai vu fouiller ce Butch, l'autre soir. Il nous a dit que tu lui avais volé son salaire !

— Ah je vois ! Il vous a encore roulés dans la farine pour vous mettre contre moi.

Les deux brigands se regardèrent à nouveau, Victor avait peut-être raison. Comment avaient-ils pu être aussi bêtes ? C'est Maurice qui s'emballa le premier :

— Je crois bien que ce Butch va passer un sale quart d'heure ! Je saurai toute la vérité, on le fera cracher le morceau et il a intérêt à me dire où est l'argent !

Victor n'en croyait pas ses yeux. Il était associé avec deux véritables crétins. Qu'ils soient français ou italien, ils ne valaient pas mieux l'un que l'autre !

15

Comme prévu, dès le lendemain, Butch fut remercié. La sanction qui le frappa fut durement ressentie, l'injustice était à son comble. On l'accusa du vol de la cagnotte de pourboires destinée à l'équipe des cuisines avec pour seul témoin : Victor. Sa parole fut entendue comme celle d'un évangile et Butch dut se résigner à s'en aller. Le soir même, alors que Sandra avait appris la nouvelle, ils se retrouvèrent à l'Oasis café. Il ne risquait guère d'y retrouver Victor qui y était « persona non grata ». Butch profita de ce fâcheux contretemps afin d'attendrir la belle. Le garçon apprécia le soutien de celle-ci qui se montra particulièrement compatissante et tendre à la fois. Butch tenait le bon bout, il saisit sa chance et lui déclara son amour. Ce soir là, alors que Daisy était absente, il en profita pour embrasser Sandra sur la bouche, un baiser langoureux digne de Vivien Leigh et de Clark Gable dans « Autant en emporte de vent », le film préféré de Sandra.

Daisy était au chevet de son père, victime d'un accident de la route. Une automobile l'ayant renversé, il s'en tira avec une jambe cassée. Lui aussi, venait de perdre son travail au service de nuit du El Rancho, un des plus vieux hôtels de Las Vegas.

Butch partit postuler aussitôt et, par chance, il obtint le job. Dès le lendemain soir, à minuit, il prit son poste jusqu'à sept heures du matin. Son rôle consistait à préparer des repas simples et légers pour les habituels couche-tard. L'omelette deviendrait vite sa spécialité, lui avait garanti le boss du El Rancho.

Tous ces évènements s'étaient enchainés tellement rapidement. Butch, n'ayant pu prévenir sa mère, lui écrivit une longue lettre expliquant les raisons de ce changement. Là encore, il crut bon de lui cacher la vérité malgré qu'il se sache innocent des accusations de vol proférées à son encontre. Il simplifia la chose en disant que le El Rancho payait mieux son homme ce qui, par ailleurs, était vrai.

Le travail de nuit ne lui coûtait pas outre mesure mais il vivait désormais en décalé avec sa bien-aimée. Le travail n'était pas harassant, mais il n'était pas une nuit où un noctambule ne vienne lui demander une collation.

Le troisième soir, un homme juste un peu éméché pénétra dans la cuisine vers quatre heures du matin alors même que Butch pensait avoir terminé. Le type était débraillé et le teinturier aurait la charge périlleuse de faire disparaitre l'immense tache de vin sur la chemise blanche qui ressortait de son pantalon. Il se dirigea droit vers un placard d'où il sortit un tapis de carte et un jeu de carte. Visiblement, l'homme connaissait les lieux et avait ses entrées en cuisine. Le responsable du personnel l'avait prévenu que certaines personnes étaient autorisées à pénétrer dans le sanctuaire des fourneaux. A la question concernant leurs identités, le responsable avait juste précisé qu'il les reconnaîtrait. Butch jugea qu'il n'était pas nécessaire d'en savoir plus, il aviserait.

— Bonsoir mon garçon ! Il est où le vieux George ?

— Ah ! Monsieur George est en congé maladie mais je suis ici pour le remplacer. Désirez-vous quelque chose ?

— …

Le temps pendant lequel les deux hommes se scrutèrent pour des raisons différentes parut suspendu à l'horloge.

— On se connaît ? demanda l'homme fatigué.

— Non ! répondit Butch fouillant néanmoins dans ses souvenirs, ce visage qui lui semblait connu.

— Bien ! Quatre omelettes ! Est-ce dans tes cordes, mon garçon ?

— Oui, monsieur ?

— Lawford !

— Bien monsieur Lawford !

Un deuxième type entra à son tour et rejoignit le premier à la petite table réservée au personnel de cuisine. Ils étaient peu bavards, mais le second, demanda poliment quatre verres, quatre assiettes et quelque chose à mettre dedans. Butch s'exécuta et lorsqu'il arriva avec ses quatre omelettes aux champignons et à l'ail, il ne fut pas surpris de voir arriver deux autres larrons tout aussi éméchés. C'était les « Rat pack » comme on les appelait dans toute l'Amérique. Butch n'avait pas reconnu Peter Lawford mais il avait eu un doute quand Dean Martin était entré. Il eut la confirmation de ce qu'il voyait quand surgit Frank Sinatra et Sammy Davis Jr. Ils dînèrent sagement et entreprirent un tour de poker. D'évidence, ils étaient vannés mais Butch ne chercha pas à en connaître les raisons. Quand ils furent prêts à partir, Sammy affirma n'avoir jamais mangé meilleure omelette, même à Paris. Sinatra confirma et fit un signe au jeune cuistot.

— T'es nouveau toi ! dit ce dernier. Il avait un accent de la ville et malgré la fatigue, il affichait un sourire sympathique.

— Oui, monsieur Sinatra !

— Bon !

Ce furent les seules paroles qu'il adressa à Butch qui ne s'en plaint aucunement. Il était tétanisé et il s'en fallut de peu qu'il ne mouille son pantalon. Sandra et Daisy ne pourraient jamais le croire.

16

Hugh avait quitté son village tôt la veille sur sa Triumph Thunderbird 6T, la même moto que Brando dans « L'équipée sauvage » dans le but de rejoindre sa bande pour un rassemblement et peut-être même un affrontement avec les forces de l'ordre. Il avait rendez-vous à Oakland dans l'Etat de Californie, tout proche de San Francisco, où ses amis, des Hells Angels, l'attendaient. Un foulard noué autour de la tête et deux ailes d'anges imprimées sur le dos de son blouson en cuir noir, le motard choisit de rouler pépère. Son trajet bien en tête, au départ d'Oklahoma city, il emprunterait la route 66 jusqu'à Kingman puis bifurquerait vers Las Vegas où il passerait un jour ou deux avant de reprendre la route d'Oakland. Un périple de deux mille cinq cent kilomètres qui ne dérangeait en rien ce vieux Biker aguerri. Un dernier voyage pour sa Triumph puisque que Hugh, la mort dans l'âme, influencé par la nouvelle vague, avait décidé d'investir dans une Harley-Davidson XL Sportster. Son nouveau bolide l'attendait au terme de son voyage. Hugh, quatorze années auparavant, était de ceux qui avaient traversé l'Atlantique pour repousser les forces Hitlériennes. Il avait survolé les plages d'Omaha Beach, en

Normandie, les mains crispées sur sa mitrailleuse, à la recherche d'invisibles ennemis, dans un bombardier Avro Lancaster. Sorti indemne de cette sale histoire, à l'issue de la guerre, il retrouva son poste de mécanicien dans son village natal. Il n'avait été ni un héros, ni un traître, il avait simplement fait ce pour quoi on l'avait envoyé là-bas, loin de chez lui. Nombre de ses compagnons de route y étaient restés.Cette expérience hors du commun, lui avait laissé un goût amer. Pas la moindre considération de son gouvernement ! Pour avoir abattu trois avions de chasse allemands, il n'avait reçu qu'une médaille et un billet de retour à Ploucville.

Les mains crispées sur son guidon, les dents serrées, le biker perdu dans ses pensées s'était trompé de route à Kingman. Dans un moment d'égarement il avait pris la direction de Laughtin. Il arrêta sa machine, ouvrit sa carte et comprit vite son erreur. Qu'importe, il reprendrait la R95 à vingt-six kilomètres de là, puis il filerait droit vers le Nord. Il arriverait tard dans la nuit mais la route semblait belle et droite, au moins sur la carte.

L'air du désert était chaud et épuisant mais Hugh était un habitué de ces longues traversées dans ces paysages rocailleux et monotones.

Un témoin aurait dit que la pirouette qu'effectua la Triumph serait digne des actualités. Une cascade qui cependant se termina dans le fond d'une crevasse quelques mètres en contrebas. Si la moto était morte, Hugh souffrait probablement de nombreuses fractures mais donnait néanmoins signe de vie. C'est ce qu'un vieux vautour constata aussitôt que la poussière due au choc se dissipa.

Jo avait quitté Nipton pour voler vers l'Est afin de longer la route 95 à la recherche d'une dépouille. Quel ne fut pas son plaisir lorsqu'il assista à l'accident. Il vint se poser près de l'homme agonisant et désormais inoffensif, dans l'espoir que sa fin fut proche.

Hugh ouvrit un œil et ne vit que la carcasse de sa Triumph immobile. Il crut entendre un bruit. Sa tête allait exploser. Le choc avait été violent mais il n'avait strictement aucun souvenir des minutes qui avaient précédé le choc. En revanche, le vol plané et son atterrissage lui revint en mémoire. Le sable sec mais spongieux avait atténué sa chute le laissant estropié au milieu de nulle part. Jamais il n'avait pensé un instant à cette possibilité. Personne n'allait venir à son secours puisque personne ne le chercherait avant quelques semaines.

Hugh, pour la seconde fois, entendit un bruit derrière lui et sentit que quelqu'un, ou quelque chose, s'approchait.

— Crouat ! ça va, mon gars ?

— Qui me parle ?

Le condor fit quelques pas et apparut enfin aux yeux du mourant.

— Qu'est-ce que c'est que cette connerie !

— Crouat !

— Mais Bon Dieu, qu'est-ce que tu fous là, emplumé de mes deux ?

— Crouat !

— Coit coit, tu ferais mieux d'aller me chercher du secours, oiseau de malheur !

— Pourquoi ? Crouat !

Hugh eut l'impression que le volatile venait de lui parler. Non, ce n'était là qu'un vautour qui attendait simplement qu'il trépasse pour venir bouffer son cadavre.

— Oh, merde, mais qu'est-ce que j'ai fait au bon Dieu ?

— Crouat ! Qu'est-ce que t'as pas fait, veux-tu dire ?

— Bon Dieu ! il parle ce con !

— Je vous prierai d'être plus poli, j'ai toujours bien traité les humains, moi ! Crouat !

Abasourdi, Hugh essaya de retrouver ses sens. Il en était certain, son cerveau lui jouait là un dernier mauvais tour.

17

Sandra était née dans une communauté de mormons près de Salt Lake City. Les quelques six cent kilomètres qui la séparaient de sa famille lui semblaient encore trop courts tant l'institution pesait encore sur son quotidien. Les préceptes de la doctrine l'avait conduite à quitter ses membres qui lui reprochaient sa trop grande liberté. C'était là la version officieuse de son départ. En fait, les évènements l'ayant poussée à disparaître étaient tout autres. S'étant refusée à satisfaire une nouvelle fois les envies maléfiquee de son pasteur, la jeune fille s'était confiée à sa mère qui s'était à son tour retournée vers le père de famille. Celui-ci s'était rendu chez le prêcheur qui avait nié les accusations proférées contre lui. Sandra, qui n'avait pas quinze ans, avait dû avouer, sous contrainte, avoir menti, certaine que les tripotages du vieux pervers cesseraient. Bien au contraire, le révérend multiplia ses tentatives sur Sandra qui sombra dans une paranoïa et tenta de se suicider. Le ministre de Dieu, pour sonner le glas du scandale qui le menaçait, organisa une mystification qui sauverait sa réputation. Un de ces ouailles, un complice rompu aux basses besognes, dénicha miraculeusement une preuve contre Sandra, une trouvaille impure. La photo de Sandra nue, dans les bras d'un acteur à la réputation sulfureuse, un dénommé John Holmes, trônait dans un magazine pornographique, connu des hommes rongés par le mal. Très rapidement, l'information fit le tour du conté et la réputation de Sandra fut aussi vite entachée que ses parents la renvoyèrent. Ses supplications et les explications qu'elle ne pouvait fournir, la condamnèrent. Evidemment, elle était la victime d'un montage odieux visant à l'exclure de la communauté et le pasteur était fier de l'accomplissement de sa mission. Il venait d'extirper de son troupeau une brebis égarée et rebelle, introduite là par la personne du diable pour pervertir leurs âmes, une manifestation diabolique malheureusement trop répandue dans la jeunesse actuelle.

La honte et la malédiction étaient entrées dans la maison et les autres enfants devaient être protégés. Aussi, les parents n'hésitèrent pas un instant respectant ainsi les règles de la communauté et l'expérience du saint homme qui apportait son conseil à la famille désemparée. Ils prirent la décision de la bannir. Jamais aucun membre de la communauté ne put d'une manière ou d'une autre poser les yeux sur le magazine pornographique.

Sandra avait donc quitté le nid familial sans que père et mère n'aient versé une seule larme. Elle ne put embrasser ses frères et sœurs avant de partir. Sa disgrâce était arrivée à son terme. Elle s'était rendue à l'arrêt de bus et, sur ce court chemin, chacun avait eut ordre de détourner la tête afin de ne pas regarder le mal dans les yeux. Quiconque aurait refusé de se soumettre à cette règle verrait son tour venir.

Dans une ville voisine, elle trouva une place de blanchisseuse. Les mains du mari de la blanchisseuse vinrent très vite l'incommoder de façon régulière. Elle reprit le bus, arriva dans une autre ville où on l'embaucha comme serveuse. Là encore, l'étape fut interrompue pour des raisons similaires. Ainsi, de ville en ville et de saloon en saloon, elle s'habitua aux comportements des hommes. Elle finit par accepter leurs mains baladeuses puis, un jour, un homme qui n'était pas trop repoussant lui proposa quelques billets pour aller voir plus loin. Comme l'argent lui manquait cruellement, elle accepta. L'exception devint vite un usage et se transforma en routine. Par chance, elle échappa au maquereau qui lui avait assuré une hypothétique protection et plus certainement de multiples corrections pour ne jamais rapporter assez de billets verts. Certains hommes lui promettaient monts et merveilles. Elle lutta parfois pour ne pas tomber amoureuse. Evitant les problèmes et les situations ambigües, elle déménageait souvent, jusqu'au jour où elle arriva à Las Vegas avec quelques dollars en poche. Elle trouva rapidement un emploi au Flamingo puis une logeuse dans ses petits moyens. Sa vie promettait de redevenir normale, blanchie par la distance qui la séparait de Salt Lake City et par le temps qui s'était écoulé. Quatre années qu'elle traînait de ville en ville. Vegas lui offrait un nouveau départ. Elle crut à sa chance et s'essaya au casino. Comme toujours dans ces lieux de perdition, elle commença par gagner avant de comprendre que la mécanique s'inverserait sans qu'elle ne s'en fusse aperçu ; ses économies s'était envolées en fumée.

Une amie lui fit part du fait qu'elle connaissait personnellement un homme bien qui cherchait des filles pour danser dans son bar de nuit. Prudente, elle se présenta à lui. Le job lui convenait. Elle pourrait tripler son salaire de jour comme serveuse à l'hôtel, lui promit le patron. Elle fit donc un essai qui s'avéra concluant. Les premières semaines, son nouveau patron régla son salaire comme prévu mais très vite il commença à retenir des charges de cigarettes et d'alcools. Malgré cela, elle releva sa garde et ne s'aperçut pas du manège qui se tramait autour d'elle. Certains clients lui faisaient des propositions qu'elle refusait systématiquement, bien décidée à retrouver une vie saine et sereine.

Un jour, alors qu'elle attendait sa paie de la semaine, elle fut invitée dans l'arrière-cour où, en guise de salaire et sous les yeux du patron, deux types la tabassèrent et abusèrent d'elle. Deux jours durant, Sandra ne pût mettre le pied à terre et donc se rendre à son travail au Flamingo. Quand elle fut enfin de retour à son poste, son visage était encore tuméfié, tous comprirent qu'il lui était arrivé quelque chose de grave. Lansky lui-même en fut averti. Elle fut convoquée dans son bureau afin d'expliquer son absence et de raconter ses déboires. Comme personne n'avait jamais eu à se plaindre de son service, Sandra fut affectée aux cuisines quelques jours, le temps de retrouver un visage radieux.

Elle fit la connaissance du chef cuisinier, Victor, un imbécile qui passait son temps à la déshabiller du regard. Elle était habituée à ce genre d'individu, sans doute était-elle trop jolie pour passer inaperçue. Dans cette cuisine, une douzaine de jeunes hommes s'activaient militairement, dans un lieu clos mal aéré, sous l'emprise d'un tyran qui distribuait des coups aux commis les moins productifs. Souvent, Victor utilisait son arme absolue, il retirait une louche du grand faitout dont la soupe bouillonnait depuis des heures et brûlait volontairement le bras de celui qui, selon lui, avait bien mérité cette sentence. Dans ces conditions, mieux valait être affecté aux épluchures de légumes à l'opposé des fourneaux. Mais le maître en ces lieux avait aussi pour rôle de distribuer les postes et il choisissait ses victimes à son bon vouloir. Comme dans toutes les cuisines du monde entier, le « coup de feu » chargé d'ivresse et d'adrénaline était là l'occasion pour Victor d'imprimer sa marque. La terreur régnait dans sa cuisine et le seul courage, il le savait, était d'abdiquer. Ainsi pas une semaine ne passait sans qu'un commis, sous l'œil obsessionnel du maître, ne jette son tablier. « Une victoire pour Victor » disait-il alors, certain de retrouver dans l'heure suivante un nouveau candidat au supplice.

On demanda à Sandra de donner la main au jeune Butch à la plonge. Poli et courtois, le garçon qui se montra timide, mais néanmoins sympathique, méritait une attention particulière. Les autres étaient selon elle, de sombres idiots tout justes bons à réciter des prières.

Certaine de ne jamais remettre les pieds au dancing, elle comprit que le travail de nuit était trop dangereux pour elle et prit la sage décision de se satisfaire de son salaire de serveuse. Quand elle fut pleinement remise, elle fut de nouveau conviée dans le bureau de Lansky. L'entretien dura moins d'un quart d'heure. Pourtant, lorsqu'elle referma la porte derrière elle, elle comprit que son malheur ne faisait que commencer.

18

D'après madame Walker, Walter, le père de Butch, avait été chauffeur du général Patton pendant la guerre en Europe mais une bombe l'avait emporté peu de temps avant la défaite allemande. Les quelques habitants de Nipton connaissaient tous l'histoire tragique de ce vaillant soldat emporté par la guerre et la malchance. Seulement, ce que ne connaissaient pas les voisins de la veuve, c'était l'autre version, celle moins glorieuse, celle qu'il était préférable d'oublier, celle que personne ne devait savoir, car la vérité était tout autre. La dernière lettre que Walter Walker envoya à sa jeune femme et à son enfant, le petit Butch, arriva au début de l'année 1944 dans la boîte aux lettres de la maison familiale. Walter annonçait à son épouse qu'il rentrerait très prochainement. Il avait obtenu une permission d'un mois après laquelle il serait de nouveau envoyé à Londres sous le feu ennemi. Tous disaient qu'un débarquement en France se préparait et Walter voulait en être. Avec l'espoir d'une médaille honorant son dévouement, sa famille pourrait être fière de son exploit pendant plusieurs décennies.

Le garçonnet et sa mère attendirent des jours entiers l'automobile de Walter. Parfois, au loin, un nuage de poussière s'élevait du désert aride, jusqu'à ce que le bruit d'un moteur leur arrive aux oreilles et qu'enfin ils aperçoivent une automobile ralentir. En été 1944, alors que la radio commentait largement le débarquement en Normandie, un véhicule s'arrêta enfin. Ce ne fut qu'un messager du gouvernement qui annonça à la jeune veuve que son feu mari avait été victime d'un accident malheureux sur le sol américain, sans toutefois en préciser les circonstances. Le rapatriement du corps dans son village natal serait à l'entière charge de l'état. Quelques temps après la cérémonie d'adieu, madame Walker s'inquiéta de la pension de veuve de guerre qu'elle s'estimait en droit de percevoir, mais, joint par téléphone l'envoyé des armées lui révéla la raison pour laquelle elle ne pouvait prétendre à cette aide. Dès son incorporation en 1943, Walter avait été mêlé à un important trafic d'alcool et s'était fait prendre la main dans le sac. Après plusieurs mois en cabane, il s'était fait la malle avec deux de ses co-détenus, persuadés d'échapper en Europe au débarquement en première ligne réservé aux indésirables. Soit une chance sur mille de s'en tirer vivant. Déserter leur parut la solution la plus simple pour échapper à cette exécution sommaire. Ils n'eurent pas le temps d'aller bien loin avant que ne commence une chasse à l'homme qui ne dura que quelques heures. La police militaire fut contrainte de répondre à la fusillade que les fuyards, pris au piège, ne manquèrent pas de déclencher. Les trois hommes y laissèrent leur peau. Telle était la véritable histoire dont jamais personne à Nipton n'eut connaissance. Madame Walker était bien décidée à mourir avec son secret et, à la question concernant la pension qu'elle ne percevrait jamais, elle prétendit que l'administration américaine avait égaré son dossier mais qu'un jour viendrait où l'Etat devrait payer. Certains voisins s'insurgèrent contre l'absence d'honneurs militaires alors que d'autres pestaient contre Patton qui ne s'était même pas déplacé pour un ultime hommage à son compagnon d'arme, celui qui faisait la fierté de la petite ville. Pour beaucoup, c'était là tout le mépris du gouvernement pour ses enfants. Tous étaient d'accord pour dire que l'Amérique se fichait pas mal des gens du Nevada, uniquement bons à servir de chair à canon !

19

Jo, planté sur son rocher, admirait son prochain banquet. L'homme était bien en chair et suffisamment musclé, ce qui présageait un excellent steak. Lorsque le pauvre homme rendrait l'âme, il pourrait commencer à le percer espérant qu'aucun de ces abrutis de vautours ne vienne convoiter son bien. Le condor s'impatientait et l'agacement le prit. Il commença à s'agiter d'une patte sur l'autre. Son long cou tournoyait d'un côté puis de l'autre. Enfin, pris de colère, il se mit à battre des ailes frénétiquement. Hugh, qui s'était endormi, revint à lui et regarda l'oiseau sur les nerfs :

— Qu'as-tu à gigoter ainsi ?

— Crouat ! Quoi ?

— Espèce de charognard ! Tu attends que je trépasse pour me becqueter !

— Crouat, si ce n'est moi, qui d'autre ?

— Ouaih, tu as sans doute raison ! Pourtant, crois-moi, ce ne sera pas toi, je t'en fais le pari !

Enthousiasmé par cette discussion qui devenait passionnante, l'animal reprit sa danse et on aurait pu lire sur sa tête déplumée un sourire narquois. Hugh observa chez l'oiseau une étrange déformation de son bec et ne put s'empêcher d'en faire la remarque :

— Mais qu'est-ce que c'est que ce bec ! T'as pas honte de te balader comme ça ?

Jo, piqué au vif, s'enflamma, et ne sut que répondre. Hugh le comprit et, malgré sa situation précaire et ses nombreuses douleurs, prit un plaisir à remuer le couteau dans la plaie :

— Ah ! Quelque chose à cacher ? Une chouette histoire peut-être ! Alors, le beau merle…Tu la racontes ton histoire ! Tu es tombé le bec dans l'eau ? Tu es resté comme un coq en pâte…ou le dindon de la farce ?

Jo gardait le silence, incapable de faire face à cette volée d'insultes.

— Alors, poids-plume ! Tu fais ton cul-de-poule ?

Hugh riait comme un bossu réveillant ainsi des douleurs atroces mais la situation était tellement drôle (drôle d'oiseau) qu'il ne pouvait plus s'arrêter de jacasser :

— Et maintenant, tu fais la politique de l'autruche, tu ne serais pas un vilain petit canard, toi et ta cervelle de moineau ! Non, tu ne me mangeras pas…sauf peut-être quand les poules auront des dents, ah, ah, ah….

Une quinte de toux fit taire le merle moqueur au grand soulagement de Jo qui boudait sur son caillou.

Quand Hugh fut à cours d'idée et qu'il eut rit suffisamment, sa triste situation laissa place à une vague d'angoisse et il se mit à pleurer une heure durant.

Non, il ne pouvait pas se laisser mourir ainsi, il devait faire quelque chose, réagir ! La moto était à mi-chemin entre la route et lui. S'il pouvait l'atteindre en rampant, peut-être pourrait-il rejoindre la chaussée. Réunissant toutes ses forces, il partit à l'ascension de la crevasse, dut-il y passer la journée. De toutes les manières, s'il ne tentait rien, il mourrait lentement et assurément. Plus d'un jour s'était écoulé et il avait compté trois véhicules, deux camions et une voiture. Aucun de ces conducteurs n'aperçut la carcasse de la moto en contrebas. Leurs vitesses excessives lui firent penser que s'il parvenait à grimper là-haut, il devrait rester en retrait, au bord de la route.

Quand Jo s'aperçut que son festin commençait à bouger, il s'inquiéta aussitôt.

— Crouat ! Où vas-tu comme ça cowboy?

— Retourne sur ton caillou espèce d'emplumé et attends de voir !

Si un escargot bien entrainé avait pu le rattraper, Hugh eut toutes les peines du monde à rejoindre son bolide. De sa seule main rescapée du crash, il fouilla la sacoche la plus proche. Par chance, elle contenait ce qui allait sans doute le sauver. La gourde était presque pleine et, lorsque le liquide coula d'abord sur ses lèvres et ensuite dans son gosier, un bien-être indescriptible vint à son secours. Il allait s'en sortir ! Une petite trousse à pharmacie rudimentaire lui rappela son enfance et l'époque où il était scout. Les enseignements et les règles du mouvement l'avaient maintes fois sorti de situations périlleuses et, encore une fois, la prudence et le bon sens allaient avoir leurs raisons d'être.

Jo resta le spectateur impuissant de la longue progression de Hugh vers sa moto, certain que tous ces efforts étaient inutiles et ne feraient qu'accélérer sa fin. Lorsqu'enfin l'homme toucha à son but, Jo en fut presque soulagé. Attristé par le combat vain de ce primate, il se surprit à souhaiter mettre fin à ses souffrances. Mais que pouvait-il faire ? L'idée lui vint lorsqu'il se souvint que, peu de temps avant, ce sale type l'avait traité de tous les noms d'oiseaux.

Cependant, son œil se figea à la vue de la gourde. L'inquiétude le gagna quand il comprit que l'homme buvait. La croix rouge sur la petite boite blanche n'augurait rien de bon et Jo se demanda soudainement ce qu'il devait faire. Quand un objet métallique sortit à son tour de la sacoche, le rapace chercha dans sa mémoire où il l'avait vu dernièrement. La réponse arriva à son cerveau aussi rapidement que la décision de déguerpir. John Wayne était en train de recharger son flingue et bientôt des flammes et de la fumée sortiraient du canon de ce…

Une première détonation lui parvint au tympan alors qu'il prenait son envol. Des plumes volèrent, preuve que l'objet en question représentait une menace pour son espèce. Par chance, son intuition venait de lui sauver la vie.

Quand le train arriva à la petite gare de Nipton, ce mardi matin, Butch était accompagné de son ami Robert bien décidé à mettre la main sur le trésor. Leur plan était clair : un, attirer les trois malfrats dans un traquenard etdeux, convaincre Jo de leur indiquer la position exacte du butin. Ils avaient fini par se convaincre l'un et l'autre que le trésor existait bel et bien. De plus, la perspective d'effacer trois voyous de la surface terrestre n'était pas pour déplaire à Butch. Certes, il devait pour cela commettre trois meurtres mais il avait acquis la certitude que Victor finirait par avoir sa peau un jour ou l'autre. Ce salopard avait fini par convaincre les deux autres imbéciles que tout ceci n'était qu'un traquenard. Malgré cela, le rendez-vous de Nipton avait été convenu, Victor et ses acolytes comptaient bien faire la peau à ce jeune crétin. Il voulait la guerre, il l'aurait, loin de la ville et sans témoin.

Quelques jours plus tôt, Maurice avait été chargé de transmettre le message à Butch. La rencontre eut lieu à la sortie de la salle de boxe.

— Salut Butch !

— Ah salut ! répondit Butch, un brin sur ses gardes.

— Au fait, on a réfléchi, on est d'accord pour te donner la main.

— Ah !

— Ouais, on a même persuadé Victor de venir avec nous, il ne se méfie de rien. On lui a parlé de l'argent, il veut être de la partie, c'est aussi simple que cela !

— Et vous êtes prêts à le descendre là-bas ? Parce que c'est de cela dont il s'agit !

— Oui, oui ! Je lui ferai la peau moi-même, si tu le veux !

— Qu'est-ce qui me garantit que vous ne m'abattrez pas ensuite ?

— Pourquoi ferions-nous cela si tu donnes le pognon comme promis?

— Pour une part plus importante, pardi !

— Je vois, la confiance n'est pas de mise, alors débrouille-toi avec ton ami. Après tout, peut-être me racontes-tu des bobards ? Rien ne m'oblige à te croire !

Maurice enfonça ses mains dans ses poches et sembla déguerpir quand Butch lui lança :

— D'accord, la semaine prochaine, mercredi, rendez-vous à la gare de Nipton. Je vous attendrai sur le quai à dix-sept heures. Mon ami nous conduira là où est caché l'argent. Mais je vous préviens, s'il y a embrouille, j'ai préservé mes arrières !

Butch avait parlé très directement, sans tremblement aucun et sur un ton élevé, comme Gary Cooper dans « La loi du seigneur ». Sa dernière menace était supposée créer un doute dans l'esprit de Maurice.

Le mensonge était aussi un écran de fumée puisqu'il lui restait la lourde tâche de convaincre Robert de l'accompagner et de descendre les trois malfrats.

De retour chez sa logeuse, Butch avait tout raconté à son ami Robert. Ce dernier, l'avait rassuré :

— Tu as bien fait, on fera d'une pierre deux coups ! avait-il lancé fièrement.

— Oui, mais tu ne comprends pas, ils seront armés jusqu'aux dents et ils seront trois, peut-être plus !

— D'accord, mais tu m'as dit que tu avais un ami là-bas.

Butch était paniqué. Il était allé trop loin. Tout ceci le dépassait ; dans quelques jours, il serait mort à cause de son imprudence et de ce fichu vautour. Il abandonnerait sa mère dans le désespoir et dans une honte. Jamais il ne pourrait suivre le modèle glorieux de son père. Il irait rejoindre la longue liste des truands miteux qui se sont fait descendre dans le désert et dont les corps ont définitivement disparu.

— Non, Robert ! Cet ami n'est qu'un rêve ou peut-être un fantôme. En tout cas, personne qui puisse nous venir en aide.

— Quoi ! Et l'argent, lui, c'est un rêve ou un mensonge ?

— Probablement les deux, qu'est-ce que j'en sais moi !

— Comment ça, t'en sais rien ? mais qui est-ce, ce type ?

— Je suis désolé Robert, je ne peux vraiment pas te le dire. Mais si tu viens avec moi à Nipton, je réussirai peut-être à le convaincre d'une rencontre !

— Oui, j'aimerais bien le rencontrer cet oiseau rare !

— Tu ne peux pas mieux dire!

— Pour les trois autres, crois-moi bien, ils regretteront leur voyage !

— Je ne suis pas sûr de te suivre…

— Ne t'inquiète pas, j'ai ma petite idée !

La force de caractère et l'assurance de Robert redonnèrent confiance à Butch qui envia l'attitude pragmatique de son ami.

Robert était comptable, une profession qui, aux yeux de Butch, restait aussi obscure que celle de Président des Etats-Unis d'Amérique. Mais il était aussi un inébranlable joueur de poker. Il dépensait une grande partie de son salaire aux cartes, ce qui rendait ses fins de mois extrêmement compliquées. L'opportunité de partager sa chambre lui avait permis de diviser son loyer par deux. Dès le premier mois, l'économie qu'il réalisa fut directement investie dans une partie de poker dont il sortit victorieux. Ainsi renfloué, il consentit un prêt au jeune garçon, certain qu'il le rembourserait.

Butch dut convaincre son boss que son père venant de décéder, sa place était pour deux ou trois jours auprès de sa chère mère. Robert, lui, n'eut aucune difficulté à prendre trois jours de congé. Ils prirent le train et arrivèrent à Nipton le jour précédant l'arrivée des trois malfrats.

Ensemble, ils traversèrent la bourgade et rejoignirent la maison de madame Walker. Butch présenta son ami à sa mère, ravie de pouvoir enfin connaitre le camarade de chambrée de son fils unique. Madame Walker lui tira les vers du nez et Robert habituellement peu bavard, répondit à une avalanche de questions avec tact et diplomatie. Butch, ravi d'en apprendre d'avantage sur son ami, écoutait ses confessions attentivement. Robert avait vingt-huit ans, il était né à San Francisco, ses deux parents étaient décédés deux ans auparavant dans un accident de la route. Cet aveu eut un effet efficace sur la mère de Butch qui fut attristée d'apprendre la grande peine dont le garçon souffrait depuis cette terrible perte. Par chance, la compagnie de Butch lui était salutaire…et blablabla et blablabla. Madame Walker buvait ses paroles comme celles d'un prédicateur évangéliste. Une mère a toujours besoin d'être rassurée, lui confia t-elle à l'issue d'un somptueux dîner. Elle ajouta être rassurée que son fils unique ne traînait pas avec des filles débauchées.

Au petit matin du jour suivant, les deux garçons démarrèrent le vieux side-car du père de Butch. Chaque mois, lors de son passage, Butch portait une attention très particulière à cet héritage ; la moto était bichonnée par le jeune homme comme une pièce de musée. Madame Walker doutait parfois qui, d'elle ou de la moto, Butch préférait la compagnie.

Ils firent un petit tour d'horizon et Butch se dirigea vers l'arbre qui avait servi de perchoir à Jo la dernière fois.

De toute évidence, les fientes séchées prouvèrent que le rapace s'était absenté depuis un long moment.

Alors qu'ils s'apprêtaient à rentrer, Butch vit un oiseau tournoyer dans le ciel transparent. Instantanément, il sut ce qu'il devait faire. Ils s'éloignèrent suffisamment loin de l'arbre pour que le rapace revienne sur celui-ci. Robert, qui ne s'était aperçu de rien, continuait de raconter son histoire, celle du jour où, toujours avec son frère, ils avaient tué le puma. Butch l'avait déjà entendue une bonne dizaine de fois et en connaissait chaque détail.

— Robert !

— Oui, quoi ?

— Tu vois l'arbre là-bas ! J'aimerais que tu t'en rapproches doucement et que tu trouves un endroit pour t'y asseoir. Tu seras très certainement indisposé par l'odeur nauséabonde mais n'en fais rien voir. Tu prendras une brindille et tu joueras avec sans t'occuper du vautour perché sur l'arbre. Quelqu'un pourrait bien venir te parler. Tu pourras lui raconter ton histoire de puma ou de tout autre chose, mais surtout, tu ne parles pas de moi. Tu ne me connais pas !

— Mais il n'y a personne sous ton arbre mort, à qui veux-tu que je parle ?

— S'il te plaît, fais-moi confiance ! Si dans un quart d'heure, personne ne t'a…je veux dire si tu n'as rien dit à …Enfin, tu me retrouveras au petit saloon au coin de la rue, une bière à la main.

— Mais qu'est-ce que tu me racontes là ?

— Vas-y ! Tu n'auras pas à le regretter, je te le promets.

21

Robert s'exécuta, guère convaincu et plein de scepticisme. A pas lents, il s'avança jusqu'à l'arbre et trouva un gros caillou où il posa son derrière comme le lui avait conseillé son ami. Il arracha une poignée d'herbes sèches et commença à en faire l'inventaire. Il tira sur les brins un à un, comme s'il tirait à la courte paille. Sur l'arbre, un vautour puant dansait d'une patte sur l'autre. Robert s'aperçut que l'oiseau avait du sang sur l'aile gauche. Le rapace allongea le cou et balaya l'air chaud d'un battement d'aile. L'air infecté lui irrita les narines et Robert, écœuré, faillit déguerpir.

— Crouat ! hrummmm !

L'animal parut se calmer et fixa Robert avec insistance. Le jeune homme eut l'impression soudaine d'être regardé comme une proie facile. Il prit peur et recula doucement.

— Crouat ! N'aie pas peur, je ne vais pas te manger !

Robert venait de recevoir un coup de poing en plein milieu de l'abdomen. Un vautour lui avait parlé. Ainsi donc, ce rapace déplumé était l'ami de Butch ! Qui aurait pu croire à une histoire pareille ? Robert comprit les raisons du silence de son jeune ami. Personne au monde n'aurait avalé une telle couleuvre.

— Crouat, j'ai besoin d'aide ! Peux-tu m'aider ?

— Moi ! Vous…vous…aider ! Un, un vautour ! Pour, pourquoi ?

— Crouat ! J'ai pris du plomb dans l'aile et ça fait un mal de …chien !

— Vous, vous saignez ?

— Crouat, oui mon gars ! Un gringo m'a pris dans sa ligne de mire. Je l'ai échappé belle ! Cet imbécile voulait m'envoyer au septième ciel. Par chance, mon intuition m'a encore sauvé la peau ! Crouat ! L'oiseau s'était risqué dans une piètre imitation d'Humphrey Bogart dans l'un de ses plus mauvais films.

— Votre intuition ?

— Crouat ! Oui, celle qui me dit que tu vas pouvoir m'aider !

— Mais que puis-je faire pour vous ? Je ne vais tout de même pas appeler un vétérinaire !

— Crouat ! Non, c'est trop tard pour moi ! Je suis touché et je n'irai plus très loin désormais. Bientôt j'irai rejoindre mes pairs. Peut-être y trouverai-je un monde meilleur, un monde plus beau. Là où, tous nous serons égaux.

La tirade avait un air de déjà vu, mais le cabotin n'hésita pas à en rajouter.

— Pour vous les humains qui avez la foi, tout est plus simple. Mais jamais aucun animal n'a reçu le salut.

Un sanglot dans la voix, le charognard n'aurait pas fait pleurer un oignon, mais sa tentative d'apitoiement ne prenait pas. Il déplora n'avoir jamais vu de paradis pour animaux. Quoiqu'en disent les humains, il était monté haut dans le ciel, il n'y avait rencontré aucun ange,

aucun Dieu, pas même une porte avec l'inscription
« PARADIS »

— Non, le paradis n'est pas pour nous ; il est réservé
aux hommes bons ! Et même si j'ai toujours cherché à
faire le bien, aucune porte ne s'ouvrira devant moi. Je
ne suis qu'un vulgaire oiseau doué de la parole et d'une
intelligence hors du commun !

Le rapace se replia sur lui-même comme pour joindre le
geste à la parole. Sa sincérité restait toutefois suspecte.
Robert intervint :

— Bon, que puis-je faire ?

Reprenant ses esprits comme si la comédie était
terminée, Jo lança :

— Crouat, j'ai un service à te demander !

— Un service ?

— Crouat ! J'ai une connaissance qui est en train de
crever dans une vallée proche de là, le pauvre homme
souffre terriblement ; j'aimerais que tu ailles précipiter
sa fin.

— Quoi ! Vous voulez que je tue un homme ? Je
croyais que vous vouliez le bien sur terre !

— Crouat ! Je te promets qu'il va mourir dans de
terribles souffrances si tu ne fais rien. Je t'assure
également que si j'en avais eu les moyens, par pure
bonté d'âme, je m'en serais chargé moi-même.

— Et j'y gagne quoi, moi, dans cette affaire sordide ?

— Crouat, hrummm ! Attend un peu fiston ! dit-il
avec une voix qu'il pensait proche de celle de Brando.
J'ai peut-être quelque chose pour toi !

Robert vit le coup venir :

— Quoi donc ? tu vas me proposer un trésor ?

— Crouat, crouat, crouat !

Le cou du rapace imita une girouette en plein vent, cela dura un long moment, jusqu'à ce qu'il se calme. Il replia son encolure jusqu'à l'enfoncer dans son duvet ; visiblement la colère était passée.

— Crouat !

Robert attendait une réponse, quand soudain, le rapace reprit le contrôle :

— Trésoooor ! Oui, un sac plein de dollars ! Crouat !

Le cou de l'oiseau s'était de nouveau allongé en direction de son interlocuteur. Ses yeux fixaient l'homme et son bec entrouvert lui donnait l'allure d'un ivrogne devant une bouteille pleine.

Ainsi c'était donc cela ! Il en était certain, il s'agissait là du même trésor hypothétique que celui dont Butch lui avait parlé et son ami n'était autre que ce vautour affabulateur.

— Et où le trouve-t-on ce trésor ?

— Crouat ! Tu descends l'autre et je te dis ce que tu veux savoir.

— Oui, ça sonne comme un bon vieux western, mais qui me dit que les dollars existent bien ?

C'est à ce moment là qu'une voiture arriva par la route de Primm. Le véhicule s'arrêta près de la gare et trois types sortirent de l'automobile. Robert ne les avait jamais vus pourtant il les connaissait déjà. Ils arrivaient avec huit heures d'avance sur le rendez-vous bien décidés à leur tendre un piège.

— Crouat ! Tiens, voilà du grabuge ! La dernière fois que j'ai vu des types comme ceux là, ils m'ont laissé un macchabée à éplucher.

— Et eux aussi cherchaient le trésor ?

— Crouat ! Impossible, j'étais seul présent lorsque mon homme l'a enterré.

— Je suis donc le seul humain à connaître l'existence de ce trésor ?

L'oiseau se tortilla de nouveau, embarrassé par la question, il déclara :

— Peut-être en ai-je parlé à quelqu'un d'autre mais à ce jour, nul autre que moi-même n'en connaît la cachette.

— Combien sont au courant ?

— J'avais évoqué le trésor à un garçon qui, de toute évidence ne m'aura pas cru !

— Comment s'appelle ce garçon ?

— Mais pourquoi veux-tu savoir son nom ?

— Eh bien si ce garçon revenait sur son jugement, nous serions deux sur l'affaire, n'est-ce pas ? Pour éviter cette situation embarrassante, je souhaiterais l'éliminer!

— Quoi, tu veux l'éliminer, tu veux dire le tuer ?

— Oui !

A ces mots, le rapace ne savait plus que faire de ses pattes. Il dansait sur sa branche comme une barque en pleine tempête. Evidemment, la perspective du nettoyage que cela impliquerait ne lui échappa pas et déjà son intérêt pour le motard en péril s'estompa. Le pauvre type allait mourir seul et il trouverait bien d'autres charognards pour faire place nette.

— Alors qui est-ce ? demanda Robert

— Crouat ! Butch, un jeune cuisinier qui vient voir sa mère chaque mois.

— Et quand doit-il revenir ?

L'oiseau resta bec bée. Il avait omis ce détail d'importance, il ignorait où se trouvait Butch à l'instant. Qu'importe, ce type allait descendre le motard et enfin, le nécrophage pourrait calmer sa faim. Il serait toujours temps d'éliminer Butch plus tard !

— Crouat ! quel est ton nom, cher ami ?

— Robert. Et vous, comment dois-je vous appelez ?

— Crouat ! Jo.

— Dites-moi, Jo, Le jeune garçon, quand il sera mort, vous comptez le dévorer ?

— Crouat ! crouat…. Il faut bien que quelqu'un s'en charge !

— Et si je te propose ces trois gars qui viennent de débarquer ?

— Crouat, crouat, hrummm ! Trois…. Ça fait beaucoup!

22

Sandra était affolée. Le dancing, cause de ses derniers ennuis, était en fait celui de Lansky. Un de ces tripots destinés aux hommes mariés prêts à payer pour une minute de plaisir avec une jeune femme, les danseuses étant une couverture judicieuse. Chacun savait que les forces de l'ordre de Las Vegas étaient fantoches, une police tout juste bonne à parader gaiement.

Lansky exigea d'elle qu'elle y retourne au plus vite. Il précisa que Dick avait été viré, il ne supportait pas qu'on abime le visage des filles, cette attention supposant rassurer Sandra. Le grand patron insista sur la nécessité de bien distraire la clientèle. Une jolie fille avait tant de chances de pouvoir échapper au travail harassant des blanchisseries. Il précisa ceci :

— Tu sais que dans le désert qui entoure Las Vegas, de nombreuses filles ont regretté un jour de n'avoir pas été plus conciliantes.

Le message était passé et Sandra comprit qu'elle était prise au piège. L'instant qui suivit, un homme entra dans la pièce sans frapper, il vint murmurer quelque chose à l'oreille de Lansky qui acquiesça d'un

signe de tête, puis l'homme se dirigea vers la porte
invitant la jeune femme à sortir. Avant qu'il ne referme
la porte derrière lui, Lansky lança au type :

— Robert !

— Oui patron.

— Tu accompagnes cette jeune fille au dancing dès
maintenant et tu gardes l'œil sur elle, compris ?

— Bien patron !

— Robert ?

— Oui patron ?

— Au fait, ce jeune gars que tu m'as conseillé
d'embaucher l'hiver dernier…

— Butch ?

— Oui, c'est ça ! J'ai appris qu'il était parti à l'El
Rancho.

— Oui, Victor l'a foutu à la porte.

— Pour quelle raison ?

— J'ai ma petite idée et je commence à penser qu'il y
a de l'orage dans l'air entre ces gars là. J'ai même
entendu dire qu'il y aurait une histoire de pognon.

— De pognon ?

Les yeux de Lansky venaient de se poser sur ceux de
Robert lui indiquant qu'il devait lui en dire plus.

— Oui, un sac, dans le désert, un type l'aurait planqué
avait d'être abattu par des gangsters !

— De chez nous ?

— Je ne sais pas encore !

Lansky, lui, savait. Il écrasa son cigare dans le cendrier
et se dirigea vers la bouteille de whisky posée sur le
bar. Il s'en versa un verre, tout en réfléchissant :

— Moi, je sais ! Il est à moi ce fric ; c'est un gars du Flamingo qui l'a piqué au mois de décembre. L'équipe de Dick a bien retrouvé le gars mais pas le sac. Ce con l'avait enterré dans le sable près de Nipton.

— Ah, je vois !

— Cet idiot de Dick n'a pas su le faire parler et il a fini par le descendre…

— Ah, je comprends !

— Si quelqu'un sait où trouver le magot, je lui offre dix pour cent.

— De combien ?

— Deux cent mille dollars !

A son tour, les yeux de Robert se mirent à briller.

— Je mettrai la main sur le sac, patron !, Et si quelqu'un m'en empêche ?

— Descends-le !

— Oui patron !

Sandra retrouva la scène qu'elle avait quittée quelques jours plus tôt et, dès ce soir là, un type la colla avec insistance. Ses intentions étaient claires et Sandra soupçonna le type d'être un ami de ce Robert. Elle prit sur elle et passa le test avec application bien décidée à quitté Las Vegas au plus vite. La discussion entre Lansky et son homme de main ne lui avait cependant pas échappé. Il y était question de 200 000 dollars, de Nipton et surtout de Butch. Le hic était que Victor aussi avait été nommé et elle n'avait aucunement l'intention de lui retomber dans les pattes. Elle devait prévenir Butch.

Après son service, tard dans la nuit, elle prit un taxi qui l'emmena vers l'hôtel « El Rancho » A son arrivée, elle chercha Butch parmi les quelques trainards du casino. On lui dit qu'il n'était pas au travail mais au chevet de son père. Depuis quelques temps, elle avait fréquenté le jeune garçon assidûment et ils s'étaient rapprochés l'un de l'autre. Le jeune homme l'avait embrassée avec maladresse. Sa sincérité était touchante et peut-être était-il l'homme, certes un peu jeune, avec qui elle pourrait s'enfuir. Sandra se souvint que Butch lui avait dit que sa mère était veuve de guerre. Ce détail fit bondir la belle qui comprit que quelque chose se tramait. Elle remonta dans le taxi dont la commission promettait d'être salée mais Sandra s'en fichait, elle devait quitter Las Vegas et retrouver Butch sans perdre de temps.

Quand elle arriva à la porte de la demeure où habitait Butch, Sandra dut se confronter à la logeuse qui s'opposait catégoriquement à laisser entrer une jeune femme chez son locataire et plus particulièrement à une heure aussi tardive. Sandra mentit prétendant être la sœur cadette de Butch et prétextant que leur père venait de mourir, reprenant là l'excuse de son ami. L'argument toucha la vieille femme, qui affirma que Butch était parti le matin même avec un sac de voyage.

— Vous a-t-il dit où il partait ? demanda Sandra.

— J'imagine qu'il sera parti à Nipton pour les obsèques. Mais pourquoi donc me demandez-vous cela puisque vous êtes sa sœur ?

— Oh, c'est juste un malentendu, nous devions rentrer ensemble !

— Il a pris la direction de la gare !

— Merci beaucoup !

— Toutes mes condoléances pour votre père ! s'écria la logeuse s'adressant à Sandra qui déjà lui tournait le dos.

Elle demanda au chauffeur du taxi de l'emmener à la gare. L'homme lui conseilla de laisser tomber, aucun train ne partait avant deux jours.

— Combien pour Nipton ?

— Oh là, ma belle, il t'en couterait plus que tu n'as dans ton porte-monnaie mais j'ai peur ne pas être le gars pour ça. Je connais quelqu'un qui pourrait faire le job ! Mon frère est chauffeur d'un camion-citerne pour la société Shell. Avec son bahut, il part vers Los Angeles en passant par Primm. Avec un beau billet vert, il pourrait bien faire un détour pour l'occasion.

— Et quand part-il ?

— Avec un peu de chance, il n'a pas encore pris la route ! Allez pressons ! Je vous conduis chez lui, il habite à la sortie de la ville. A quelle heure sont les obsèques ?

23

Victor et ses deux compagnons arrivèrent le lundi en fin d'après-midi à Nipton. Bien que Maurice et Piccolo insistaient pour aller se rincer le gosier au coffee shop, ils convinrent qu'il serait plus prudent de rester discre. Lla bourgade étant quasi déserte, trois étrangers ne pouvaient passer incognito. La gare était déserte mais Maurice aperçut un garçon assis sur un caillou qui semblait marmonner seul. Sous l'œil vigilant de Victor, le français traversa le terrain vague qui l'amena au pied d'un arbre mort. L'odeur était insupportable pourtant le type assis ne semblait pas indisposé.

— Salut !
— Tu parles à l'arbre ou à ce vautour ?

Aussitôt, Jo eut une antipathie pour le nouveau venu. Il commença à dandiner et à secouer la tête.

— Oh, il n'a pas l'air content ton compagnon !

— Tu ne crois pas mieux dire ! C'est quoi cet accent ?
— Français !
— Ah ! Et pourquoi un français atterrit-il dans ce trou à rat ?

— Parce qu'il cherche quelqu'un ducon !

— Ça tombe mal parce que je ne connais personne de ce nom là !

— Comment peux-tu supporter une odeur pareille ?

Jo s'arrêta net de gigoter, son regard se porta sur le français.

— Crouat, crouat, hrummmm !

— Ce coup là, il s'est senti visé, ton copain !

— Oui, je comprends, je n'aurais pas aimé non plus !

— Qu'est-ce que tu veux dire par là, mon gars ?

— Y'a une merde derrière l'arbre !

Le français fit les quatre pas et se pencha pour voir.

— Mais non, y'a rien !

— Si, j'en vois une, moi !

— Oh putain ! Toi tu vas m'le payer !

L'oiseau s'était remis à danser et il gloussa comme s'il riait.

— Ah ! je crois qu'il a aimé ma blague !

— Eh bien, moi, je ne l'ai pas aimée !

Le français sortit un flingue et le dirigea vers le vautour avec la ferme intention d'en finir quand il entendit un déclic. Son regard se porta vers l'homme assis, un Smith & Wesson était braqué dans sa direction.

— Ramasse ton jouet et va rejoindre tes amis ou tu serviras de diner à mon ami.

— Vous ne perdez rien pour attendre toi et ce sale oiseau!

Le français rengaina son revolver et fit volte-face en direction de la gare. Victor demanda à Maurice :

— Mais qu'est-ce que tu foutais ? Je t'ai vu sortir ton flingue et braquer ce mec. T'es pas fou, ça fait cinq minutes qu'on est arrivé et tu cherches des poux à la population !

— Mais c'est ce vautour qui se foutait de ma gueule !

— Tu entends ce que tu racontes ? Un vautour ?

— Je te jure que cette bestiole était bizarre ! On aurait juré voir Woody Woodpecker en personne ! Il se foutait de ma poire !

— Woody Woodpecker est un pivert !

— Ce n'est pas la question !

— Eh bien on n'est pas là pour descendre des vautours !

— Alors, tu lui as demandé à ce type s'il savait où habitait la famille Walker ?

Maurice s'aperçut alors qu'il n'avait même pas posé la question pour laquelle il s'était rendu là-bas. Pour ne pas paraître plus idiot, il mentit :

— Il m'a dit qu'il n'était pas du coin !

— Mais que vient chercher un gars dans ce trou, s'il n'y connait personne ?

— Ben, comme nous ! répondit Piccolo.

Les trois hommes se regardèrent

— Bon-sang, mais qui c'est ce type ? demanda Maurice puis il rajouta :

— Il a sorti son flingue et je vous jure qu'il ne riait pas !

Le type avait disparu de leur vue et l'oiseau s'était envolé.

Victor demanda à Piccolo d'aller au saloon pour se renseigner sur l'endroit où habitait la famille Walker. Il était convenu que si quelqu'un posait des questions embarrassantes, moins il en dirait mieux cela vaudrait. Il devait passer pour un agent d'assurance ou quelque chose comme cela.

Piccolo entra dans la boutique, la sonnette retentit et les trois pochetrons assis au bar se détournèrent pour le dévisager. La venue d'un étranger n'augurait rien de bon, mais le patron dissipa cette question sans entendre.

— Qu'y a-t-il pour votre service ?

— Une bière !

— Et ?

— Walker ? Je cherche la maison des Walker.

— T'es un gars du gouvernement des armées ?

— Peut-être bien !

Le barman frappa un coup dans ces mains et comme s'il venait de découvrir la lune, il s'écria :

— J'vous le disais les gars que la vieille Walker toucherait le pactole un jour ! Ah, ce bon vieux Walter ! Et s'adressant au client, il ajouta : Vous devriez avoir honte ! Ça fait au moins quinze années qu'elle attend son fric, la vieille ! Alors, combien ?

— Combien quoi ?

— Combien elle va toucher et avec les intérêts ?

— Je n'ai pas le droit de vous dire ! Piccolo pensa que c'était la meilleure chose à répondre.

— Je vous dis les gars, que ca va être la fête. Des pontifes vont arriver de partout pour honorer le soldat Walter, dit un habitué.

— Il va falloir que je gonfle mon stock de bières, je pourrais peut-être commander du champagne pour l'occasion.

— Du quoi ? dit l'autre gars, la gueule enfarinée.

— Quand on a débarqué à Paris en 44, ils nous ont accueillis avec du champagne, je vous dis les gars, j'ai jamais rien bu d'aussi bon !

— Moi, j'étais caserné en Italie, dit le troisième larron. Ah ces italiennes, c'était quelque chose !

Piccolo n'avait aucunement envie de parler de l'Italie avec ces gars là :

— Pouvez-vous me dire où elle habite cette madame Walker ?

— C'est la dernière maison à la sortie du village en allant vers Primm. Vous ne pouvez pas vous tromper, les volets sont verts, Butch les a repeints l'an passé.

Piccolo avala son verre de bière, régla la note, remercia le patron et se précipita hors du bar. Il avait obtenu l'adresse de madame Walker mais n'avait rien compris à cette histoire d'intérêts. En sortant du saloon, il croisa le chemin de l'homme qui avait menacé Maurice près de la gare. Ils échangèrent un regard comme s'ils s'étaient déjà rencontrés. De retour auprès de Victor, l'Italien fit le récit de ce qu'il avait entendu au bar. Le chef cuisinier du Flamingo Hôtel n'y comprenait plus rien ; Piccolo, en désordre, lui avait parlé de champagne, d'italienne, de volets verts et surtout, de pognon. Volontairement, il oublia les intérêts.

— Qu'est ce que c'est, des pontifes ? demanda t-il finalement.

— Alors, il a trouvé le pognon ! Bravo, ce sera plus simple pour nous. On va au rendez-vous dans le désert, on le flingue, on lui pique le fric et on rentre à la maison.

Soudainement, Piccolo s'exclama :

— Putain, j'y suis, je sais où je l'ai vu ce mec, c'est un gars à Lansky, un tueur. Oh putain !

— Qui donc ? demanda Maurice.

— Le type près de l'arbre, celui qui t'as braqué !

— Quoi ! et c'est seulement maintenant que tu le dis ? T'en est sûr ?

— J'en suis certain ! Et c'est un génie de la gâchette, ce mec ! Swinton ! Robert Swinton, son nom me revient. Oh les gars, moi, j'me casse ! Pas question d'affronter ce type là !

— Quoi ! T'as vu Robert Swinton ? rétorqua Victor.

— Et le pognon ? demanda Maurice.

— Moi, je tiens à ma peau, si Lansky envoie Robert, ce pognon est le sien, je préfère ne pas y toucher. Piccolo a raison, il faut se tirer de ce patelin nauséabond.

— Et puis regarde, l'orage qui arrive ! ajouta l'italien comme si l'argument avait un rapport.

— D'accord, on se tire !

24

De gros nuages étaient arrivés par l'ouest. La chaleur était devenue insupportable et les anciens disaient que l'orage était proche. Un vent inhabituel vint soulever la poussière et bientôt la petite bourgade fut noyée dans un nuage de sable. Le ciel incroyablement gris commença à gronder au loin d'abord puis un premier éclair zébra l'horizon. Une détonation ébranla la vallée et chacun comprit que c'était du sérieux. Au saloon, où plusieurs âmes étaient venues se mettre à l'abri, les commentaires allaient bon train. Certains craignaient le pire et d'autres s'imaginaient déjà voir des tornades qui arracheraient leur maison mais tous étaient d'accord qu'un peu d'eau serait bénéfique pour leur chère contrée.

Depuis l'avènement de la télévision, les chanceux de la ville qui possédaient un poste avaient vu les dégâts de ces tempêtes aux actualités. C'était le cas de Glenn Skelton, un riche retraité de l'administration qui se vantait de tout connaître. Il passait son temps entre le Coffee-shop et les émissions de la NBC, du « Today show » au « Red Skelton Show » dont il disait que le célèbre animateur était un cousin éloigné du côté de son père. Evidemment, Glenn regardait religieusement chaque émission. Il déclara ceci :

— Bien dommage que mon cousin ne puisse pas voir ça, des tempêtes comme celle-là, y'en a pas deux par an.
Aussitôt, c'est Roy Bennett qui reprit le flambeau, et comme ces deux là s'agaçaient toujours :
— Ils peuvent bien venir avec leurs caméras, nos maisons ne risquent rien parce qu'elles sont solides. Rien à voir avec ces bicoques de Floride ou de Louisiane. Pas étonnant qu'il y ait tant de dégâts au moindre souffle ! Quand il eut terminé sa phrase, il ajouta pourtant :
— Mais là je dois dire que ça souffle. Il se pourrait que demain on trouve des cadavres dans la rue.
— Bon ! Maintenant qu'on est coincé ici, on est bon pour attendre que ça se passe ! Allez sers-nous en un autre, lança Glenn au barman qui s'exécuta.
Une bouteille de vieux bourbon de contrebande fut débouchée pour l'occasion. Une gorgée pour chaque détonation devint vite leur slogan.

Des gouttes d'eau commencèrent à tomber et bientôt un déluge de pluie tomba dans la vallée. Si le sol parut plat à cet endroit, un courant chargé de boue traversa la rue principale en direction du sud. Le saloon était suffisamment perché mais déjà des maisonnettes commencèrent à prendre l'eau. Pendant quelques heures, qui parurent une éternité, la ville fut lavée, lessivée, pétrie et essorée. Jamais les anciens n'avaient vu cela. Quand tout s'apaisa enfin, les habitants avaient oublié les bienfaits de l'eau et ils maudirent le seigneur de les avoir ainsi effrayés. Deux seulement étaient heureux, ils avaient vidé une bouteille de Bourbon !

Au petit matin suivant, ils découvrirent l'état de la bourgade, le pire étant l'effondrement du petit clocher de leur unique église . Les paroissiens s'étaient tous rassemblés autour du lieu de culte pour découvrir le malheureux spectacle et déjà les commères ébauchèrent de désigner des coupables. Elles pointèrent du doigt la jeunesse délurée qui insultait constamment le bon Dieu par leur musique endiablée, leur consommation d'alcool et leurs bolides infernaux. Le toît de la gare s'était envolé. Une maison avait changé de parcelle et s'était posée dans le jardin du voisin. Des poteaux électriques et téléphoniques étaient déracinés, leurs fils arrachés crépitaient sur le sol encore humide et l'employé municipal courrait les bras en l'air complètement paniqué.

Au beau milieu de ce capharnaüm, Jo trônait sur son arbre mort. Il regardait tous ces humains s'activer, les visages déconfits comme si c'était la fin du monde.

Jo avait passé une sale nuit dans une cavité des hautes collines, recroquevillé sur lui-même. Dès les premières lueurs, il avait pris son envol à la recherche de quelques noyés, souriceaux ou rongeurs. Avec un peu de chance peut-être aurait-il trouvé un humain égaré.
Soudain, il se souvint de ce type qu'il avait abandonné la veille. Il ne lui fallut pas moins d'une heure pour rejoindre l'endroit où il avait bien failli y passer. Il eut grand peine à reconnaître les lieux tant la tempête avait

transformé la crevasse. La moto était recouverte de vase et en contrebas de la route reposaient, non pas un, mais deux cadavres.

De retour à Nipton, il retrouva son arbre. Son bec et ses pattes étaient encore tachés de sang. La tempête avait eu du bon, elle lui avait apporté un festin comme il en avait rarement connu.

25

Très tôt ce matin là, Robert avait été l'un des premiers à découvrir les dégâts causés par la tempête. Curieusement, le vieil arbre avait tenu bon. Jo avait repris sa place. L'oiseau aperçut Robert enjambant les débris en venant droit dans sa direction.

— Crouat ! Pour hier, je te dois une fière chandelle. Ce sale type, j'ai bien cru qu'il allait me trouer la peau !

— Ton aile, ça va mieux ?

— Crouat ! crouat, rien de grave, juste une égratignure, dit-il, heureux qu'un humain se préoccupe de sa santé.

— C'est quoi tout ce sang ?

— Crouat, crouat, hrummmm, c'est rien, c'est mon déjeuner !

— Dis-moi, Jo ; les trois gars d'hier, tu les as revus ?

Jo fit un effort de mémoire ; il se déhancha, tanga et soudainement il s'écria :

— Ils sont partis ! Crouat !

— En es-tu certain ?

— Crouat ! Oui, avant la tempête, ils sont remontés dans leur voiture et ils sont partis.

— Dans quelle direction sont-ils partis ?

— Crouat ! …Crouat ! Je ne sais pas ! La tempête commençait à gronder, aussitôt après que nous nous soyons quittés, je suis allé sous le porche sur le quai de la gare, j'y avais mes habitudes autrefois. Et j'ai vu les trois gars discuter ensemble !

— Et que disaient-ils ?

— Crouat ! Je ne voulais pas qu'ils me voient alors je n'ai pas bien entendu, mais l'autre, le petit, celui qui est allé au saloon, il disait que Butch avait beaucoup de dollars et qu'ils projetaient de rentrer à Las Vegas.

— C'est tout ?

— Crouat ! Crouat ! Ah oui, le chef a dit qu'ils allaient flinguer Butch !

— Et c'est un détail qui ne t'a pas interpellé ?

— Crouat ! Non ! Hier, toi aussi tu as dit que tu allais le descendre.

— Oui c'est vrai, tu as raison ! Mais pour cette histoire d'argent, tu as dit à Butch où était planqué le sac ?

— Crouat ! Jamais, parole de condor !
Robert médita ces mots et décida de laisser tomber.

— Ecoute, Jo ! Nous avons passé un accord, tu me montres où est planqué l'argent et je descends Butch !

— Crouat ! D'accord, tu descends Butch et je te montre où est l'argent !

— D'accord ! Je vais le chercher, je l'emmène à l'endroit où est planqué le sac et je le tue ! Au fait, est-ce loin d'ici ?

— Crouat ! Je n'ai pas trop de notion du temps, ou des distances comme vous pouvez, vous, les percevoir ; à vol d'oiseau, c'est à quelques battements d'ailes. Mais, Butch a une moto.

Le regard de Robert se porta vers le camion-citerne qui vacillait sur la grande route. Il comprit aussitôt que l'accident était inévitable. Le bahut quitta la route principale et se coucha sur le côté. Voyant tous ces gens se précipiter vers le camion, Robert comprit l'imprudence de cette population trop curieuse. Le chargement, si les citernes étaient pleines, risquait d'exploser et d'emporter les badauds. Abandonnant Jo, il se précipita vers la petite foule assemblée et immobile :

— Reculez, reculez, tout peut exploser !

L'attroupement se dispersa plus rapidement qu'il n'avait gonflé sans qu'aucun ne se préoccupe de l'état du chauffeur. Pourtant, pendant que tous fuyaient une possible explosion, Robert fut le seul à rester près du camion-citerne.

De la cabine, une jeune femme apparut se dégageant au travers le pare-brise, brisé. Elle aida un homme qui vraisemblablement devait-être le chauffeur. Alors que tous avaient le dos tourné, Robert vint à leur rencontre au péril de sa vie.

26

Sandra fit la connaissance de Gary et de son camion. A leur départ de Las Vegas, le vent ne faiblissait pas. Pourtant Gary n'envisagea pas un seul instant de repousser son départ. Des tempêtes, il en avait vues d'autres ! Le bonus de 50$ que lui avait proposé Sandra avait été porté à 70$, une fortune pour l'un et l'autre.

Pendant plus d'une heure, le vent et la pluie empirèrent mais jamais Gary ne ralentit sa vitesse. A Primm, le bahut bifurqua vers Nipton. Le ciel à l'horizon donnait des signes de reddition, mais il fallut arriver à destination pour retrouver le ciel de la veille. Gary releva sa vigilance et une discussion s'était engagée dans la cabine bruyante. La petite ville était en vue et Gary ralentit sa vitesse. Les trombes d'eau qui s'étaient déversées pendant la nuit avaient déstabilisé la chaussée de l'*Interstate 15* causant une fissure dans le bitume en son travers. La secousse sur l'essieu se se répercuta sur le volant qui échappa au chauffeur pourtant professionnel. Sous l'œil médusé des habitants de Nipton, le poids-lourd dévia de sa trajectoire. Malgré sa petite allure, Gary ne réussit pas à redresser le camion citerne qui alla se coucher dans le sable. La lourde masse bascula sur le côté avant de s'immobiliser totalement. Les hommes qui n'avaient rien perdu de l'incident se précipitèrent vers eux avant de repartir en courant. Un seul resta et vint à leur aide. Robert tendit la main au chauffeur qui la saisit en toute confiance. Gary rassura l'homme :

— Ne t'inquiète pas, les cuves sont vides ! J'allais faire le plein à L.A mais je crois bien que ce ne sera pas pour aujourd'hui. Puis Gary se mit à rire comme un enfant qui vient de commettre une grosse bêtise.

— Que va dire la compagnie ?

— Oh, à mon âge, ça n'a plus d'importance ! Ils vont me virer et ça, personne n'y pourra rien, mais je compte bien sur le syndicat pour me défendre. Ces salauds pourraient bien vouloir me faire payer les dégâts et ça, il n'en est pas question !

— Mais que faisiez vous sur cette route, ce n'est pas celle de L.A ?

— Ah, j'avais une course à faire dans le coin ! Je dirai à la compagnie que, dans la tempête, je me suis égaré ! Quand la petite foule rassemblée eut confirmation que les cuves étaient vides, tous se réunirent autour des deux rescapés. Nombreux furent déçus, une explosion aurait alimenté les conversations pendant bien des semaines pendant que d'autres avaient imaginé remplir leurs réservoirs à bon compte.

Robert avait reconnu Sandra. Qui de l'un et ou de l'autre fut le plus surpris, il n'en fut pas question :

— Que fais-tu là ? s'exclama Robert.

— Oh, oh ! Je crois que vous vous connaissez ! osa Gary.

— Tu t'enfuyais ?

— Oh, je ne veux pas d'histoire moi, j'en ai ma part pour aujourd'hui ! Indiquez-moi plutôt où je pourrais trouver un point de téléphone ?

— Au saloon, un dollar l'appel, répondit Robert sans quitter la rousse des yeux.

— D'accord, merci pour le coup de main ! Si mademoiselle veut bien me suivre.

Sandra accepta l'invitation, elle n'avait pas ouvert la bouche. Sur le chemin du saloon, Gary posa une question à la jeune fille :

— Je sais que ça ne me regarde pas mais avant l'accident vous m'aviez dit rejoindre votre amoureux et lui prétend que vous fuyez, je ne comprends pas ? Vous pouvez tout me dire, vous ne craignez rien de moi, mais de lui, j'en suis moins certain !

— Non, lui n'est rien pour moi. Ce n'est pas lui que je suis venue voir et j'aurais préféré qu'il ne m'ait pas vue.

— Ah, je comprends mieux !

— Mais surtout, ne vous avisez pas de le menacer, c'est un tueur, un homme dangereux, il travaille pour la mafia !

— La mafia, dans ce trou perdu ?

— Je ne sais vraiment pas comment il a pu savoir que j'étais là ! Je ne l'ai dit à personne, seuls votre frère et vous, étiez au courant !

— En effet, c'est bien curieux ! Où habite votre ami ?

— Je ne sais pas trop bien, mais il est dans une de ces maisons.

— Oui, ça ne devrait pas être compliqué de le retrouver !

A cette heure matinale, presque tous les habitants de la petite ville étaient sortis pour constater les dégâts de la nuit. Les nombreux commentaires trouvaient des raisons et des solutions à chaque problème. Avec l'accident du camion-citerne, Nipton aurait eu le droit aux gros titres dans le journal local, encore eut-il fallu qu'il en existât un.

Le chauffeur de la semi-remorque suivi de près par la jeune femme fila droit vers le saloon sous les regards intrigués des villageois. L'autre homme, lui, était resté planté près du camion et semblait réfléchir à la suite des évènements. Nombreux furent ceux qui suivirent le couple mal assorti jusque dans le bar. Pour la première fois depuis longtemps, des femmes accompagnaient leur époux dans l'antre du diable. Le barman, surpris de connaître une telle affluence à cette heure matinale, tomba en rade de café.

Pendant que Gary téléphona à sa compagnie, Sandra demanda au patron où habitait Butch Walker. La réponse ne se fit pas attendre.

— Butch Walker ! A Nipton ? Où est donc ce chenapan, qui n'est pas venu me voir ! Il est ici ? Vous êtes sa petite amie ?

— Euh, non, oui, enfin, je voulais juste savoir quelle était sa maison ?

Le barman connaissait le garçon depuis toujours. Depuis sa tendre jeunesse, où il faisait les quatre-cents coups dans les ruelles jusqu'à son adolescence où il entra au saloon pour la première fois pour taper une balle de billard. D'abord les après-midi quand il n'avait pas école, une limonade à la main et parfois une cigarette au bec pour faire comme les copains ; puis les premières cuites et l'arrivée en trombe de sa mère, trop inquiète que son fils unique ne soit pas rentré. Oui, il le connaissait, ce garçon là ! Evidemment, lui aussi était parti à Vegas, mais que pouvait-il faire d'autre dans ce trou à rat. Nipton ne retenait plus sa jeunesse !
— Alors, vous êtes sa promise oui ou non ?
— Oui, mais il ne sait pas que je suis ici ; c'est en quelque sorte, une surprise !
— Ah, ah ! je vois. Ça va surtout être une surprise pour sa mère ! Vous savez, madame Walker est une femme très courageuse ; elle a élevé son fils seule, sans aucune aide. Ah, mais j'y pense ! Vous êtes au courant pour cette histoire d'argent ? Un type est passé, il nous a dit qu'elle toucherait la prime. Depuis le temps qu'elle l'attendait. Le barman laissa un blanc, conscient qu'il avait parlé bien vite et comme la fille ne répondait rien, il reprit alors:
— Pour la maison, c'est simple, c'est la dernière maison avec les volets verts sur la route de Searchlight.

Gary revint de la cabine téléphonique et commanda une bière comme petit déjeuner.

— Alors, qu'ont-ils dit ? demanda Sandra inquiète.

— Ils envoient une dépanneuse et m'ont prié d'aller me faire voir ailleurs comme je m'en doutais ! Et s'adressant au barman, il demanda :

— Le prochain train pour Las Vegas, il passe quand ?

— Ah faudrait aller voir à la gare, il y a parfois des convois exceptionnels mais, sinon, ce n'est pas avant deux jours ! Vous avez plus de chance d'attendre au bord de la route qu'un de vos amis camionneurs vous y emmène.

— Je dois attendre la dépanneuse, je ne voudrais pas qu'on m'accuse en plus d'avoir déserté. Je vais attendre un jour ou deux. Il y a-t-il un endroit pour se loger dans cette bourgade.

— Oh non, ici, personne ne s'arrête plus de cinq minutes. Mais j'ai la chambre de mon fils qui est parti pour le mois ; si vous n'êtes pas difficile, je pourrais vous la faire pour deux dollars la nuit.

— Cela me conviendra, merci.

— Et pour la jeune fille, qu'est-ce que ce sera ? demanda le barman. Un silence s'installa dans le saloon. Les habitués qui n'avaient rien perdu de la conversation restèrent suspendus à la question posée :

— Je… Vous ne connaîtriez pas quelqu'un qui pourrait me loger une nuit ou deux? demanda timidement la jeune fille.

Rassuré, le barman s'écria :

— Ne vous inquiétez pas, avant ce soir je vous aurai trouvé une belle chambre à coucher ! Nombre de nos enfants sont partis à la ville et des chambres vides à Nipton, ce n'est pas ça qui manque !

Les oreilles baladeuses furent ainsi satisfaites et le brouhaha ambiant des conversations reprit.
Sandra et Gary ressortirent du saloon suivis de près par un cortège, les mêmes qui avaient assuré la recette record au propriétaire des lieux.

27

Victor et ses deux acolytes prirent le chemin du retour sans état d'âme, seul Maurice était prêt à risquer sa peau mais la majorité l'emporta. Les kilomètres défilaient et la distance qui les séparait de cette bourgade se transformait en un soulagement. La haine de Victor se dissipa face à la crainte de Lansky. La vengeance ne valait pas les représailles inéluctables du parrain. Mieux valait faire profil bas. Cette balade dans le désert eut le mérite de lui faire prendre conscience de cela. Il pourrait savourer sa revanche plus tard quand cette histoire de sac serait oubliée. Depuis leur départ, les trois hommes avaient gardé le silence et Victor, qui conduisait, appuyait dangereusement sur l'accélérateur de la voiture d'emprunt. Le ciel s'était assombri comme jamais et Piccolo fit la remarque qu'il serait prudent d'allumer les phares. Victor s'exécuta et deux jets de lumière s'alignèrent sur la route poussiéreuse. Aussitôt, le désert tomba dans la nuit. Au loin, à l'opposé des nuages noirs, à l'horizon, un résidu de ciel bleu. Maurice dit :

— On dirait bien qu'un gros orage arrive droit sur nous !

Piccolo resta silencieux, l'image qu'il avait vue mille fois sur le mur du salon familial, une reproduction du célèbre tableau de Géricault lui parvint à l'esprit. Le nom de l'œuvre lui échappait mais il se souvenait très bien de la puissance de ses traits. Au premier plan, le désespoir et la mort certaine ; au second plan, la lumière et la vie. L'italien aurait aimé partager sa vision, mais il savait aussi que ses deux compagnons bourrus n'entendaient rien aux grands peintres. Il préféra se taire. La peur semblait derrière eux et la peinture du grand maître n'y pourrait plus rien.

Pourtant, quand le nom de la célèbre peinture lui revint en tête, « Le radeau de la méduse », il était déjà trop tard. Le coup de volant de Victor pour éviter un corps étendu sur la chaussée, les envoya hors de la route à l'opposé du ravin. Ils s'en tirèrent sains et saufs avec une bonne frayeur. Victor, en moins de temps qu'il n'en fallait pour le dire, enclencha la marche arrière et les roues, après avoir soulevé le sable, agrippèrent la surface bitumée et la voiture retrouva la chaussée. Soulagé, il stoppa le moteur du véhicule et se dégagea de l'habitacle pour une inspection obligée. Maurice, quant à lui, se dirigea, suivi à bonne distance par Piccolo, vers le macchabée. L'homme était affublé d'un casque de motard et d'un blouson noir. Le type semblait désarticulé et inoffensif.

— On pourrait peut-être le glisser sur le bas côté, je n'aime pas l'idée qu'un camion vienne l'aplatir, dit Victor.

— Oui, pourquoi pas ! répondit Piccolo qui semblait étonnement bouleversé. L'image du radeau et des cadavres au premier plan semblait lui avoir envoyé un message. Devenait-il dingue ?

— Tu prends le corps, je prends les jambes !

La première secousse réveilla le motard qui poussa un grognement.

— Putain, il est encore vivant ! hurla Piccolo qui reconnut un survivant du tableau.

— Calme-toi ! Il n'est pas mort mais ça ne devrait pas tarder ! Je devrais peut-être abréger sa fin, qu'en penses-tu ?

Le motard produisit un beuglement comme s'il avait entendu Victor.

Maurice aperçut la moto écrasée au fond de la crevasse, il appela ses deux collègues. Seul Piccolo se déplaça. Ensemble, ils enjambèrent les rochers vers le contrebas. L'engin était en piteux état. Ils fouillèrent consciencieusement les sacoches, persuadés qu'un voyageur devait transporter un peu d'argent planqué. Ils s'efforcèrent de démonter tout ce qui pouvait l'être. Piccolo commença un tour d'horizon à la recherche d'une pièce manquante. Son intuition fut récompensée lorsqu'il mit la main sur un morceau de tôle. Au dos, était scotché, un gros paquet de billets verts, l'argent prévu pour l'achat d'une Harley Davidson. Piccolo hésita à en faire part à son ami ; l'idée de garder la découverte pour lui seul n'était pas pour lui déplaire. Dans pareil cas, qu'aurait fait Maurice ?

Pendant ce temps, Victor était retourné au véhicule et avait ouvert la boîte à gants. Il s'empara du revolver

Colt Cobra qui avait appartenu, selon Piccolo, à un brigand qui s'était fait descendre deux années plus tôt. Le trophée n'avait plus jamais tué quiconque mais de nombreuses bouteilles avaient explosé lors de leurs multiples séances de tirs. Le cuisinier était bien résolu à soulager le motard de ses souffrances ; de sang-froid, il tuerait un homme, un acte héroïque qu'il s'était juré, comme chaque adolescent dans ce pays, d'accomplir le moment venu.

Victor tenait l'arme de poing à bout de bras en direction de la tête du blessé, il vérifia que la balle était bien engagée dans le barillet puis il ferma les yeux et pressa sur la détente.

Les deux voyous en contrebas se redressèrent brusquement quand la détonation résonna dans la vallée. Ils gravirent les cinq mètres qui les séparaient de la route aussi vite que des cabris. Victor était allongé à côté de l'autre. Maurice comme à chaque fois s'approcha le premier et constata que leur compagnon avait une balle logée entre les deux yeux. C'est Piccolo qui s'empara de l'arme que l'estropié tenait encore dans sa main droite. Une balle l'avait atteint au niveau de la carotide et le sang giclait par jet régulier ; il se vidait de son sang et les prochaines secondes sonneraient sa fin. Les deux copains dégagèrent les cadavres sur le bas côté de la route, alors que les premières gouttes d'eau commençaient à cingler. Piccolo récupéra le blouson noir et les bottes du motard, Maurice, lui, fit les poches à Victor sans trop d'état d'âme.

— Il faut y aller, dit Maurice !

— Attends un instant, j'ai découvert quelque chose !

Il redescendit dans la crevasse pendant que Maurice démarra le véhicule. Désormais, le pactole serait à diviser en deux, ainsi le calcul serait plus simple.

28

Après l'accident, Robert était retourné près de l'arbre, il s'était assis sur le caillou et méditait aux raisons qui avaient amené cette idiote aussi loin de Vegas. Serait-elle née, elle aussi, dans cette ville fantôme? Pouvait-elle connaître Butch ? Etait-ce donc la rouquine dont il lui parlait si souvent ? Evidemment, il travaillait tous les deux au Flamingo Hôtel. Soudain lui revint la conversation avec Lansky deux jours plus tôt. Essayant de se remémorer chaque mot prononcé, Robert retraça le probable scénario. Butch et Sandra étaient peut-être amants. Il se souvint : elle avait entendu Lansky dire « descends-le ! » Oui ! C'était ça ! Elle avait trouvé un chauffeur qui avait bien voulu l'emmener pour quelques dollars afin de prévenir Butch du risque qu'il encourrait. Voilà qui changeait bien ses plans. Pourquoi donc n'avait-il pas fait plus tôt le lien entre ces deux-là?

— Crouat ! Tu parais bien songeur et triste. Pourtant ces gens s'en sont bien sortis apparemment, cela devrait te réjouir. Moi, je l'aurais bien mangée la petite rouquine, là-bas !

— Jo ! Ne sois pas aussi cynique, tu parles de mes semblables. Et puis, c'est la petite amie de Butch !

— Crouat ! Tu veux dire celle avec qui il couve ?

— Mais non, chez les humains, on ne couve pas et on ne pond pas d'œufs non plus !

— Crouat ! Ah bon ? Première nouvelle ! Mais comment faites-vous… Je veux dire, pour vos enfants ?

— Jo ! Il y a des choses qu'on ne peut pas dire, surtout à un oiseau ! Et puis ce n'est guère le moment !

— Crouat ! crouat !

Le vautour se retourna, bien décidé à ne plus adresser la parole à Robert.

— Mais non, Jo, tu ne vas pas commencer à bouder, on a des choses à voir ensemble !

— Crouat ! Bouder ? Des choses ? Ensemble ? Non, je ne vois pas !

— Mais si, tu sais, le désert, le sac, le cadavre, le sang séché sur le sable chaud, le festin, la chair tendre d'un macchabée, la dépouille d'un pauvre diable troué de balles.

— Crouat, crouat ! N'essaie pas de me prendre par les sentiments, je n'en ai pas, c'est encore une notion que nous, condors, ne connaissons pas ! Contrairement aux humains qui ne font pas d'œufs et qui ont de terribles secrets concernant leur reproduction !

Robert trouva insensé de devoir expliquer la façon dont les humains pouvaient procréer, surtout à un vautour ! Il s'y employa pourtant.

— Toi qui fréquentes les cinémas en plein-air, n'es-tu jamais resté tard le soir pour les séances de films plus…plus érotiques ?

— Crouat ! Je suis un rapace diurne, sauf exception, je dors la nuit !

— Oui, c'est chouette ça ! un brin d'humour que tenta Robert mais l'oiseau ne saisit pas.

— Crouat ! Désormais, lorsque je dévorerai un humain, homme ou femme, j'épargnerai ces organes. Rien que d'y penser, cela me dégoûte ! Certains animaux ont des comportements curieux mais vous les humains vous battez tous les records !

— Mais de nombreux animaux font comme nous ! Euh, déjà, tous les animaux à poils !

Jo médita à son tour sur cette histoire de poils. Puis embrouillé dans ses pensées, le charognard retrouva sa vraie nature et sa raison de vivre.

— Crouat ! crouat ! Les temps ont bien changé ! Dans le passé, une tempête comme celle-ci aurait laissé des tonnes de cadavres mais aujourd'hui, on trouve à peine de quoi se mettre dans le bec. Il paraît que dans les temps anciens, il y a eu des guerres meurtrières dans ce pays. Il se dit parmi mes congénères, qu'à l'époque, la population des nécrophages était tellement nombreuse qu'il suffisait de quelques instants pour faire disparaître un cadavre et n'en laisser que les os. Ce sont des histoires bien tristes à évoquer parmi mon espèce, nombre d'entre nous ont vu un camarade mourir d'un mal dont vous les humains êtes les responsables. Personnellement, j'ai bien compris qu'il ne fallait pas avaler les plombs qui tuent, ils nous sont fatals.

— Tu sais, je suis allé à San Francisco dans ma jeunesse avec mon père, il m'a emmené au zoo. Il y avait là de nombreux animaux sauvages et aussi des rapaces, je m'en souviens. Nous étions arrivés juste à l'heure où leurs gardiens leurs apportaient des tas de viande directement venus des abattoirs de la ville. Probablement du bœuf, les morceaux les moins commercialisables. Les animaux ne m'ont pas paru malheureux de leur sort !

— Crouat ! Ah ! Et bien, quand tu seras en prison, j'irai te balancer de la nourriture au travers les barreaux, on verra bien si tu fais le malin !

— Evidemment...

— Crouat ! Je préfère attendre la prochaine guerre ou la prochaine épidémie. Moi je suis libre, libre comme le vent, libre de voler par-dessus ces montagnes, là-bas au loin !

— Effectivement mais tu mourras seul entre deux rochers et d'autres charognards viendront te dépecer !

— Crouat ! Bien, c'est la chaîne alimentaire. C'est bien ce que vous dites, vous, les humains ?

— C'est à peu près ça, en effet ! Mais avant de mourir, j'aimerais bien que tu me montres où est ce fichu sac qui ne te servirait à rien, à toi, alors que je pourrais t'acheter plusieurs carcasses d'animaux déjà dépecés et sans plomb !

— Crouat ! Tu pourrais faire ça ? Pourquoi personne ne m'en a parlé avant toi ?

— Laisse-moi quelques heures, le temps de trouver un abattoir, et je te ramène une pièce de ton choix !

— Crouat ! de mon choix ?

— Oui, enfin dans la limite de mes moyens, bien entendu !

— Crouat ! Alors avec l'argent du sac tu pourrais me donner de quoi manger pendant plusieurs années ?

— Oh là ! Ce n'est pas tout à fait ce que j'entendais par là. Deux ou trois carcasses pour les semaines à venir et déjà le contenu du sac sera bien entamé, dut mentir Robert qui n'avait nullement envie de s'éterniser dans ce trou à rat.

— Crouat ! Eumh ! Je peux attendre quelques jours, je suis complètement rassasié pour aujourd'hui.

— Aurais-tu trouvé quelques cadavres ?

— Crouat ! Oui, les aléas climatiques ont parfois du bon, deux hommes en bordure de route, à trois coups d'ailes d'ici. Ah, je crois qu'il y avait l'un des trois gars, celui qui portait une chemise blanche. Sur son bras, il portait une marque curieuse, un oiseau je crois bien. Mais je dois dire que l'autre était bien meilleur, sa viande était à point comme je l'aime. Le pauvre, il a cuit pendant presque trois jours au soleil.

— Oui, eh bien tout ceci n'est pas très drôle !

A ce moment, une détonation vint interrompre la discussion. Un souffle sembla balayer l'air un court instant. L'oiseau vacilla sur sa branche et sans un mot de plus, il prit son envol, effrayé par ce qui lui parut semblable à un coup de feu d'une puissance phénoménale. Aussitôt, Robert aperçut de la fumée provenant d'une maison à l'opposé de la grande rue. Craignant que ce ne soit la maison de Madame Walker, il se précipita à vive allure.

29

Lorsqu'ils arrivèrent devant la maison de madame Walker, Gary et Sandra découvrirent un petit coin de paradis. Dans ce désert, il était extraordinaire de voir tant de verdure. De toute évidence, madame Walker était une femme de bon goût. La barrière fraîchement repeinte entourait un jardin où gazon, fleurs et légumes trouvaient leur place. La tempête de la veille avait évidemment réglé son compte à l'impertinence mais de nombreux indices laissaient entrevoir une passion pour son jardin. Madame Walker était une femme téméraire et son combat à grands coups d'arrosoir était venu à bout de cette parcelle aride. « Dans le désert, pour un peu qu'on s'en donne la peine, tout pousse » disait-elle à ses voisins. La petite maison aussi avait été repeinte, bien que ce ravalement ne puisse pas vraiment cacher l'état vétuste de la demeure.

Sandra tira sur la cordelette qui bascula la clochette. Gary était resté en retrait près du portillon. Le rideau derrière la porte vitrée s'écarta. La maîtresse de maison dévisagea la jeune fille un long moment avant, qu'enfin, l'occupante ne daigne lui ouvrir.

— Que voulez-vous ? lança la femme, peu habituée à avoir de la visite.

— Oh pardon de vous déranger, madame…Walker, je cherche….Je suis une amie de Butch, votre fils et je désirerais lui parler.

— Butch ! Une amie ? Butch n'a pas d'amie, affirmat-elle comme une mère prête à défendre sa progéniture. C'est qui l'homme derrière vous ?

— Euh, c'est Gary, l'homme qui m'a amenée à Nipton ce matin.

— Ce matin ? à Nipton ? Par ce temps ? Butch ne veut voir personne ! Au revoir mademoiselle !

La porte s'était refermée au nez de la belle rousse. Madame Walker était de toute évidence une femme au caractère bien trempé et la partie promettait d'être coriace… Sans attendre, Sandra, tira de nouveau sur la cordelette.

— Je vous dis que mon fils n'est pas ici ! cria-t-elle au travers de la porte.

— Votre fils court un grand danger, je suis venue de Las Vegas pour le prévenir, je dois vraiment lui parler.

— Que lui voulez-vous ?

L'agressivité de cette femme était palpable et Sandra commença à penser que c'était peine perdue que d'insister.

— Je suis désolée, je ne voulais pas vous déranger. Au revoir madame. J'espère qu'il s'en sortira !

Sandra fit volte-face et s'apprêtait à descendre les deux marches du perron quand la porte grinça derrière elle.

— Mon fils s'est absenté, il sera là dans peu de temps. Vous pouvez l'attendre à l'intérieur. Désirez-vous un rafraîchissement… vous et votre chauffeur ?

— Je vous remercie, madame Walker, nous ne voudrions pas abuser…

— Entrez, Butch ne devrait pas tarder ! Il est sorti avec son ami.

La maîtresse des lieux fit entrer ses deux invités et les pria de s'asseoir à la table de la cuisine. Sandra fut troublée de ce revirement et pensa devoir se justifier rapidement quant à la menace qui pesait sur Butch.

— Je suis désolée, madame Walker, mon intention n'était pas de vous faire peur, mais je dois vraiment parler à Butch. Quelqu'un lui veut du mal et je ne pouvais pas rester les bras croisés, vous comprenez !

— Ne vous inquiétez pas jeune fille, mon garçon va bien et que peut-il lui arriver à Nipton ? Je crois qu'après cette tempête, rien ne peut plus nous effrayer !

— Et vous, monsieur, vous avez fait toute cette route avec cette fille ?

La question surprit Gary qui se demandait bien ce que cette dame voulait savoir.

— Euh, en fait, je suis…enfin, j'étais chauffeur d'un camion-citerne et je roulais pour la compagnie Shell. Nous avons eu un accident et mon camion s'est renversé à l'entrée de la ville. Et, euh…mademoiselle…

Gary parut soudainement intimidé par cette femme. Serait-il tombé sous son charme que Sandra ne s'en fut pas étonnée. Cette femme était très belle et les traits communs avec Butch sautaient aux yeux. Le souffle court, le quinquagénaire reprit cependant :

— Oui, je veux dire, Sandra m'a demandé de la déposer à Nipton. Pour ma part, je ne suis qu'un…je n'étais que le chauffeur du camion. Ma compagnie m'a viré ! lâcha t-il comme s'il attendait un soutien de la part de madame Walker.

— Ah les salauds ! N'hésita pas à scander la dame.

C'est à ce même moment qu'un bruit curieux vint leur résonner aux oreilles. Un bruit de néon, un son étrange que seuls la télévision ou la radio émet, une résonance proche et lointaine à la fois. Chacun regarda l'autre en se demandant ce qui venait là, de vibrer en écho.

— Qu'est-ce que ça peut bien être ? s'enquit la maîtresse de maison.

— Ce n'est pas votre frigo ? demanda Gary, se précipitant aussitôt pour vérifier.

Le bruit s'intensifia et une vibration commença à se faire ressentir sous leurs pieds. Gary lança alors :

— Sortons ! Vite !

Lorsque Sandra, Gary et madame Walker se retrouvèrent à l'extérieur, ils n'eurent qu'à se retourner pour comprendre ce qui se passait. Au bord du chemin, à l'aplomb de la maison, perché sur quatre poteaux de bois, un transformateur électrique fumait comme une cocotte-minute. Le gros appareil qui entrait dans le décor de la ville, celui des câbles électriques ou téléphoniques entremêlés suspendus entre d'horribles poteaux, eux-mêmes mélangés avec les arbres qui avaient miraculeusement résisté aux vents, menaçait maintenant d'exploser. La tempête serait accusée mais madame Walker s'en souvenait, le transformateur avait été installé à l'époque où son cher Walter était des leurs. Elle se rappelait très bien de la colère de son époux lorsqu'il s'était aperçu qu'on lui avait imposé cet engin mortel comme proche voisin. Puis il l'avait oublié, mais chose certaine, aucun employé de la firme d'électricité n'était jamais venu l'entretenir.

Une moto side-car arriva en trombe couvrant le bruit de son moteur bruyant. A la vue de Sandra, Butch eut une montée d'adrénaline comme jamais il n'en avait connu. Lorsqu'il coupa le moteur de son engin, il comprit que le transformateur était la cause de l'attroupement qui s'était formé devant la maison. Il se dirigea aussitôt vers Sandra :

— Sandra, mais que fais-tu là ?

— Je devais te parler de toute urgence, c'est une longue histoire, je crois que tu es en danger !

— Je crois qu'il vaudrait mieux reculer, ces appareils peuvent exploser et causer de nombreux dégâts, s'enquit Gary, forçant tout le monde à prendre une distance raisonnable.

— Exploser ? Mais ma maison… ?, s'enquit la mère de Butch alarmée.

— La maison sera bien peu de chose si cet engin prend feu. Remercions Dieu de n'avoir apporté ce nouveau malheur pendant la nuit. J'ai bien peur qu'il faille compter sur l'assurance de la compagnie d'électricité pour vous en faire une neuve.

— Vous voulez dire que ma maison va brûler ?

— J'en ai bien peur !

A peine Gary avait-il prononcé ces mots que la femme courut vers sa maison sans que quiconque n'ait eu le temps de l'en empêcher. Quand Butch la vit entrer à l'intérieur, à son tour, il fonça vers la porte d'entrée. Lorsqu'il entra dans la maison, il entendit sa mère qui trifouillait dans sa propre chambre. Au moment où il s'apprêtait à l'attraper par le bras pour l'emmener loin de ce guêpier, il vit les trois cartons qu'elle venait d'extirper d'une cachette.

— Qu'est-ce que c'est ?

— C'est rien, ce sont les économies de ton père, l'argent qu'il m'envoyait pendant la guerre.

— L'argent ?

— Ne discute pas, sortons vite avant que cet engin ne nous réduise en miettes ! Je t'expliquerai tout ceci plus tard !

Madame Walker saisit alors un carton et s'engagea dans le couloir vers la sortie. Butch s'empara des deux autres et courut après sa mère.

La déflagration prit tout le monde de cours, projetant les badauds à terre. Par chance, aucun n'avait reçu d'éclat mais le pire risquait d'arriver à présent. L'engin en feu vira de bord et alla s'écrouler sur la maison qui, déjà mal en point, s'embrasa. Pour la seconde fois ce même jour, les villageois furent témoins d'une catastrophe. Certains affirmèrent que le transformateur était tombé à l'emplacement de la chambre à coucher de Madame Walker. Les câbles électriques libérés retombèrent sur le sol mouillé et un feu d'artifice accompagné de crachats de braise et d'étincelles tourbillonnèrent dangereusement. Butch et sa mère étaient parvenus au niveau de la porte d'entrée lorsque la déflagration se fit entendre. Ils plongèrent au sol avant de constater qu'ils n'étaient plus en danger. Butch aida sa mère à se relever. Celle-ci attrapa son carton et apparut enfin sur le perron, au grand soulagement de la petite foule rassemblée. Pourtant la malchance la poursuivit. Gary comprenant le danger qui attendait la belle dame, s'écria pour l'avertir, mais celle-ci ne voyait ni n'entendait rien. Elle se précipitait vers sa tombe comme un papillon dans un filet.

Butch qui venait de s'embarrasser des deux autres cartons entendit Gary crier. Il fut au premier rang du nouveau drame que connut cette petite ville de Nipton ce mercredi matin. Sa mère, au lieu d'enjamber la flaque d'eau stagnante menant au portillon fraîchement blanchi, posa son pied au beau milieu d'une flaque d'eau. Un arc de feu s'illumina entre le câble haute-tension et le corps légèrement vêtu de la pauvre femme qui s'enflamma comme une torche. Gary hurla et exhorta le jeune homme afin qu'il ne s'approche pas de sa mère. Le ballot de carton avait roulé sur la terre humide. Butch lança les deux autres près du premier, arraché à l'envie de porter secours à sa mère qui, saisie par de violentes convulsions, s'ébranlait comme un grain de maïs sous l'effet de la poêle brulante. Gary attrapa le garçon et l'extirpa de cette déchirante image, celle de sa mère se consumant sans qu'il ne puisse rien y faire. Tous s'étaient reculés d'avantage lorsque la deuxième explosion pulvérisa ce qui restait de la maisonnette. Un garçon qui se crut plus malin, partit en trombe en direction de l'église dans l'idée de s'emparer du seul extincteur de la ville. Le corps embrasé cessa de se secouer et, une panne générale calma tous les câbles électriques qui retombèrent au sol.

C'est à ce moment-là que Robert arriva tout essoufflé auprès de son ami Butch.

30

— Mais que s'est-il passé ici ? demanda Robert à Gary qui supportait Butch.

— C'est le transformateur qui a explosé, répondit Gary.

— Regarde ma mère ! hurla Butch en larmes.

Sandra resta bouche bée. Ainsi ces deux-là se connaissaient et de toute évidence, ils étaient amis. Elle se demanda ce que pouvait bien être toute cette histoire d'argent. Robert était-il à la botte de Lansky ou faisait-il cavalier seul ? Et Butch était-il un pion sur l'échiquier ou, lui aussi, était-il un homme à Lansky ? Que venait-elle faire dans cette équation ? A présent, devait-elle faire confiance à son ami ? Mais était-cc bien le bon moment pour des explications ? La mère de Butch venait de mourir dans des conditions pires que dramatiques et la maison n'était plus qu'un tas de bois carbonisé.

Sandra était désemparée. A peine avait-elle eu le temps de dire deux mots à madame Walker qu'elle l'avait vue s'embraser. Gary aussi était sous le choc, leur première et unique conversation ayant été le signe d'une complicité criante.

Butch, malgré le drame qui venait de le toucher, s'enquit néanmoins de la situation :

— Mais Sandra, que fais-tu là ?

— Euh, j'avais quelque chose à te dire, mais je ne pense pas que ce soit le moment. Je suis vraiment désolée d'arriver là, comme ça, sans prévenir, à l'instant même où…

Butch se précipita dans ses bras, Sandra éclata en sanglots. Il se mit à pleurer toutes les larmes de son corps. Gary, bouleversé par l'horrible spectacle, regrettant de n'avoir rien pu faire pour sauver cette superbe femme, laissa couler sa colère sur ses joues rouges. Quant à Robert, il se retira du groupe et s'en alla chialer sous un arbre à l'abri des regards.

Un homme ganté vint tirer sur le câble électrique, de crainte qu'il ne s'éveille à nouveau, et alla coincer son extrémité encore brûlante entre deux pieux. Il sécurisa l'appendice mortel en le recouvrant d'un bloc de béton. Pendant ce temps, quatre hommes délivrèrent madame Walker de la flaque d'eau et enroulèrent le cadavre calciné dans une couverture. Le corps fut emmené dans une petite salle appartenant à la paroisse. Commença alors un défilé d'hommes et de femmes qui vinrent saluer la mémoire de leur sœur tragiquement disparue. Quand le pasteur arriva deux heures plus tard, Butch s'étonna que quelqu'un ait pu l'avertir, le téléphone étant coupé. Bien que sa mère ne fréquentât guère le lieu de culte, l'homme d'église fit un sermon digne d'une bonne croyante, ce dont Butch doutait encore. Le pasteur était arrivé avec son pick-up tout neuf avec, à son bord, un beau cercueil de bois de pays. Les mêmes hommes qui avaient pris en charge le corps de madame Walker, la déposèrent dans la boîte et l'enfermèrent définitivement sans s'inquiéter de Butch, qui ne put regarder sa mère une dernière fois. Toute la nuit, Butch veilla le cercueil, certain qu'il n'allait pas s'envoler. Tous les habitants de la bourgade s'étaient endormis, fatigués par une journée qui resterait dans les annales de la ville comme un jour maudit. On se souviendrait du petit clocher de l'église, du camion-citerne renversé, du transformateur explosant au dessus d'une maison et, peut-être, de cette femme qui, jour après jour, entretenait son jardin en plein désert comme s'il s'agissait d'un parc botanique.

Butch repensa aux cartons que sa mère voulait absolument sauver des flammes. Elle lui avait dit : « ce sont les économies de ton père ». Mais pourquoi donc n'avait-elle pas placé cet argent dans une banque où des intérêts seraient venus abonder sa valeur ? Pourquoi avoir vécu si chichement si une telle fortune croupissait sous ses pieds ? Sans doute n'aurait-il jamais de réponse ; les trois cartons avaient été emportés par Gary, insistant sur le fait qu'on pouvait lui faire confiance. Il n'avait aucun moyen de locomotion pour s'enfuir avec trois cartons pleins sous les bras.
Deux-cent-mille dollars.

Le lendemain matin, le pasteur fut de retour pour la cérémonie afin de conduire le cercueil au petit cimetière. Tous les paroissiens vinrent accompagner madame Walker vers sa dernière demeure, sauf Gary qui préféra surveiller l'argent.
Sitôt le service funèbre terminé, les bonnes âmes de l'agglomération furent en proie à un authentique malaise, tous se posèrent la question d'où pouvait bien

provenir un tel magot. Le barman, qui avait été à l'école avec madame Walker, assurait, à qui voulait bien l'entendre, c'est-à-dire aux piliers qui visitaient son saloon, que sa camarade avait bien reçu la somme due par le gouvernement suite à la disparition tragique de son ami Walter Walker, indemnité dont, s'il l'avait lui-même reçue, se serait bien gardé d'ébruiter. La réelle raison de cet engouement était, bien sûr, que personne à Nipton ne possédait le dixième de cette somme mais que tous avaient une idée sur la façon de la dépenser. Dans le saloon, un accord trouva l'unanimité, un pactole de deux-cent-mille dollars ne pouvait être dépensé dans ce patelin. Aussi, une nouvelle question vint à l'esprit de chacun, pourquoi madame Walker n'avait-elle pas taillé la route depuis longtemps?

Robert avait été spectateur de ces échanges. Il avait aussi remarqué que les affaires du saloon s'étaient accrues ; les clients, désormais plus nombreux, et à égalité de sexe, restaient plus longtemps et consommaient davantage.

Dès que le camion-citerne fut remis sur ses roues, Gary fit part de son départ, profitant du passage d'un voyageur pour Vegas. Il présenta ses sincères condoléances à Butch qui lui proposa quelques billets verts pour le dérangement. Le chauffeur refusa et lui fit promettre de passer le voir à Las Vegas.

Trois jours après le décès de madame Walker, pour la première fois, Butch, Sandra et Robert se retrouvèrent autour de la table en bois, à l'ombre d'un pin à pignon dont la mère de Butch était très fière, à l'arrière de la maison familiale. De la maisonnette ne restaient que des cendres froides.

— Que vas-tu faire de tout cet argent ? Demanda Robert.

— Je ne sais pas, mais je suppose que ce ne sera pas un problème.

— En effet ! Et la maison, que comptes-tu en faire ?

— Oh !…. Je suis né là, j'y ai passé mon enfance, mais comme tu as pu t'en rendre compte par toi-même, la jeunesse s'en est allée ! Je connais chaque habitant de cette bourgade et ils me connaissent tous, il serait tentant de reconstruire la maison et d'y vivre, humblement, en regardant les jours passer, mais cette perspective ne m'enchante guère. Je crois que la ville me manquerait vite. Pourtant, Vegas n'est pas ce qu'on peut appeler une ville ordinaire. Je crois que je vais rendre mon tablier et aller sur la côte californienne. Ensuite, je verrai !

Aucun des deux gars n'osa poser la question à Sandra qui demeura silencieuse. Mais Robert avait un projet pour elle et finit par dire :

— Eh bien nous allons y retourner, nous, à Vegas ! On nous y attend, n'est-ce pas Sandra ?

Elle n'eut pas le temps de répondre que Butch annonça :

— Elle vient avec moi !

— Mais tu ne peux pas ! Elle appartient à Lansky, c'est une pute !

Le jeune couple fut abasourdi par l'annonce. Et c'est Sandra qui prit sa propre défense :

— Je n'appartiens à personne, pas même à ce Lansky ; et qui es-tu, toi, pour m'insulter ainsi ?

— Mais comment peux-tu dire une chose aussi horrible ? s'enquit Butch.

— Eh bien, parce qu'elle couche pour de l'argent, c'est ce qu'on appelle une putain ! Et Lansky à un œil sur elle !

— Comment sais-tu cela ? l'interrogea le garçon.

— Parce qu'il travaille pour ce mafieux ! affirma Sandra.

— Quoi ? mais non, il est comptable !

— C'est ça, il compte les cadavres que Lansky enterre dans le désert !

— Tu travailles pour Lansky ?

— Mais que crois-tu ? moi aussi, je dois travailler dur pour m'en sortir. Et je n'ai pas deux-cent-mille dollars qui tombent du ciel !

— Serais-tu jaloux ? Ma mère a économisé ces dollars pour moi, billet après billet…

— Parce que tu crois à cette histoire, toi ?

— Evidemment, pourquoi en serait-il autrement ?

— Bon, je n'insiste pas pour l'argent, mais la fille, je l'emmène !

— Certainement pas, elle part avec moi !

— Mais non, ne dis pas d'idiotie ! Lansky veut l'avoir et il l'aura, tu peux en être certain. Déjà qu'il faudra bien expliquer les raisons d'un tel retard !

— Oui, sinon tu vas nous descendre, c'est bien ça ? C'est bien ce qu'il t'a demandé ? lança Sandra.

— Non, cela n'a jamais fait partie de mes intentions. Lansky m'a dit de retrouver l'argent qui lui appartenait…

— Mais de quel argent parle-t-il ? S'inquiéta soudainement la jeune femme.

— Ah, c'est une drôle d'histoire, nous avons un ami commun qui prétend connaître l'endroit où un type à caché un sac empli de billets verts.

— Un ami, quel ami ?

Les deux garçons se regardèrent et ne purent s'empêcher de pouffer. Un fou rire indigne du moment et de la situation. Ils se bidonnaient bruyamment et Sandra leur fit comprendre qu'ils manquaient de discrétion. Lorsqu'enfin, ils furent rassasiés et conscients du ridicule de la situation, Butch chercha les mots pour expliquer les faits.

— Oui, Jo, notre ami …non, je ne peux pas lui dire !

— Pourquoi n'irions-nous pas lui présenter Jo, proposa Robert.

— Je pense qu'en effet, c'est la seule solution !

Ils s'en allèrent donc tous les trois vers l'arbre. Comme pour Robert, charge fut confiée à Sandra d'aller près de l'arbre mort et d'attendre patiemment. Les deux garçons lui promirent de rester à distance mais lui firent jurer de ne jamais mentionner leurs noms à Jo.

— Mais, il n'y a personne là-bas !

— Fais-moi confiance ! supplia Butch.

31

La jeune femme se dirigea vers l'arbre et trouva un caillou assez gros pour s'y asseoir. Comme l'avait prévenu Robert, il régnait une odeur saumâtre due au vieux vautour qui avait élu domicile sur la place, un oiseau dont la présence ne représentait absolument aucun danger.

Pendant ce temps, les deux camarades décidèrent de se rendre au bar. Après les salutations d'usage, ils se dirigèrent vers la table du fond pour trouver un semblant de tranquillité. Une idée saugrenue puisqu'ils comprirent aussitôt que chaque syllabe prononcée serait assurément interprétée et répétée. Parlant à demi-mot, Butch réitéra son idée de donner sa démission au « El Rancho » et de vendre le terrain à qui voudrait bien investir à Nipton. Afin d'occuper les oreilles baladeuses, il ajouta qu'il avait donné cinq mille dollars au pasteur pour les obsèques ainsi que pour payer les frais du clocher. L'annonce de sa générosité fit son effet et enfin, ils purent converser tranquillement.

— Robert, j'emmène Sandra avec moi, quoiqu'elle pût être autrefois. Tu n'es pas obligé de dire à Lansky qu'elle était ici ! Elle a disparu, ce n'est pas ton affaire !

— Oui, en effet, surtout si je ramène l'argent du sac!

— Si l'argent existe bien !

— Oh, il existe, je te l'assure. Lansky s'est fait arnaquer par un croupier, le mois dernier. Le type s'est enfui et ses poursuivants ont perdu la trace de l'argent pas loin de là. Les hommes de Lansky ont abattu l'arnaqueur avant qu'il ne dise où il avait planqué le sac. Deux-cent-mille dollars en petites coupures. Jo Cabot, qu'il s'appelait le type.

— Jamais entendu parler, avoua Butch.

— Ah bon, pourtant tu travaillais aussi au Flamingo, toi !

— Oh nous, aux cuisines, on ne croise jamais le chemin des croupiers ! conclut Butch. Robert reprit cependant :

— J'ai longuement parlé à Jo. Il pourrait se contenter de carcasses d'animaux. Où pourrions-nous trouver un abattoir au plus près?

— Si nous partons dans l'heure nous pouvons arriver à Bakerville avant la fermeture des abattoirs. Nous pourrions être rentrés avant la nuit. Demain, à l'aube, Jo nous montrera où se trouve le sac et le tour est joué !

— Butch, je dois rentrer avec le sac et la fille !

— Non, ça, tu ne peux pas ! Mais nous pourrons en reparler demain.

— Pourquoi demain ?

— A cause des évènements !

— Quels évènements ?

— Je ne sais pas moi, d'ici demain, il peut se passer tant de choses. Regarde, la tempête, le transformateur, ma mère, ses économies… tant de choses imprévisibles !

Butch cherchait juste à gagner du temps mais il se demandait bien comment sortir de ce mauvais pas. Robert, lui, ne comprenait pas son ami qui s'entêtait à vouloir s'embarrasser de cette fille facile.

— D'accord, on verra demain, mais moi je te le dis, on aura un putain de problème !

— Eh bien, tu nous descendras et Jo sera content ! conclut Butch, un sourire sur les lèvres.

— Tu sais que je ne ferai jamais ça !

— On verra !

32

— Crouat ! Vous êtes venus pour consulter ?

Sandra faillit partir en courant mais elle se rappela les mots rassurants de Butch. Elle n'en croyait pas ses yeux. L'oiseau venait de lui adresser la parole. Jo était donc un oiseau doué de la parole ! La chose n'était pas dénuée d'intérêt, mais, il fallait bien le reconnaître, c'était d'une drôlerie sans nom. Elle réussit à garder son calme et la curiosité l'emporta :

— Pardon, vous m'avez parlé ?

— Crouat ! Excusez-moi, mais je n'ai que rarement l'habitude de m'adresser aux dames. Pour vous dire la vérité, c'est même la première fois qu'il m'est permis de parler avec l'une d'elles. J'en ai déjà mangé…Crouat ! Jo s'arrêta tout net persuadé qu'il ne fallait pas insister dans ce sens.

— Que me vaut donc cet honneur ? Moi-même, je n'ai jamais parlé à un vautour.

— Jo, pour vous servir ! Crouat !

— Très heureuse de faire votre connaissance, Jo !

— Crouat ! Permettez-moi de vous affirmer que vous êtes…à croquer, selon une expression peu employée dans ma famille !

— Hum ! Je ne suis pas certaine de bien vous comprendre. Les gens de mon espèce, ne m'avouent pas ce genre de sentiment dès la première rencontre !

— Crouat ! Oui, je comprends, mais peut-être sera-t-elle la dernière ? Je me suis laissé entendre dire récemment que certains individus cherchaient à vous tuer. Mais peut-être dois-je confondre avec le film que j'ai vu hier au soir !

— Un film ? Quel film ?

— Crouat ! « Le gaucher »

— « Le gaucher » avec Paul Newman ?

— Crouat ! Euh, oui, je crois !

— Paul Newman, je l'adore !

— Crouat ! Eh bien vous ne reverrez plus, il est mort !

— Quoi ? Il est mort ? Lui aussi, comme James Dean !

— Crouat, comme qui ? James Dean ? Où ça ? Quand ça ? On m'a encore caché un cadavre ! Mais on veut me faire mourir de faim !

— Oh, c'était en 1955 je crois, il y a longtemps déjà ! Euh, trois ans !

— Crouat ! Trop tard, il ne doit rien en rester !

— Mais comment allez-vous au cinéma ?

— Crouat ! Je m'installe toujours à l'arrière, loin des véhicules, je ne supporte pas l'odeur des gaz qui s'échappent de leurs moteurs.

— Ah, les cinémas en plein-air ! Moi aussi j'aime ça, surtout lorsqu'il fait chaud. La dernière fois, ils jouaient le film avec Susan Hayward : « I want to live» (Je veux vivre), je l'ai adoré !

— Crouat ! Pourquoi donc donner ce titre absurde ? Rares sont les fois où un individu demande à mourir !

— Mais dîtes-moi, moi non plus je ne veux pas mourir, alors qui donc voudrait me tuer ?

— Crouat ! j'ai dû confondre avec une autre personne ! Comment est-ce déjà votre nom ? James Dean…euh non, non, Susan Hayward !

— Vous ne pouvez pas le savoir puisque je ne vous l'ai pas dit !

— Crouat, crouat ! Ah !

— Sandra, mon nom est Sandra.

— Crouat ! Trop difficile à prononcer ! Je n'y arriverai jamais !

Il était évident que cet oiseau était capricieux et de mauvaise foi. Qu'avait-il pu raconter à ces deux garçons pour qu'ils s'enflamment ainsi ? Qui donc accepterait de devenir ami avec un vautour ?

— Dans mon enfance, ma mère me racontait des histoires d'animaux. Bien souvent, elle leurs donnait la capacité de parler. Ainsi, toute cette jungle ou cette basse-cour conversait. Parfois, tout comme les humains, les uns étaient les bons, les autres les méchants ou les profiteurs. Rarement, elle me parlait de vautour, mais à coup sûr, vous et vos amis faisiez partie des méchants.

— Crouat ! Oui, je sais, notre espèce a toujours eu mauvaise réputation. Mais, jeune fille, je dois vous faire remarquer qu'il y a erreur. Je ne suis pas un vulgaire vautour, je ne fais que le clamer, je suis un condor. Quant à notre réputation, elle est due au fait que celui que vous appelez votre Dieu, nous a mis sur terre pour nettoyer vos crimes et ainsi vous éviter d'être emportés à votre tour par des épidémies. Nous sommes donc utiles, que cela vous plaise ou non ! J'ajouterai que je ne fais, pour ma part aucune différence entre les espèces et lorsqu'il s'agit des humains, je n'ai aucun état d'âme, que ce soit noir ou blanc, je mange tout ! Pour moi, un cadavre est un cadavre !

— Evidemment, vu sous cet angle !

— Crouat ! Et votre mère vous a-t-elle parlé de ce « roi des animaux » qui en tue d'autres pour se nourrir ? Votre mère vous a-t-elle dit qu'à chaque fois que vous mangez une omelette, c'est quatre oiseaux qui disparaissent ?

— Jo, je crois que vous me faîtes la morale là ! Cela s'appelle, la chaîne alimentaire ! Le plus fort mange le plus faible !

— Crouat, j'ai bien compris le concept, mais j'ai un peu de mal à comprendre les raisons qui vous poussent, vous les humains, à tuer pour quelques pièces argentées ou autant de billets verts.

— Là, il faut reconnaître que suis bien d'accord avec vous. Personne ne devrait tuer pour de l'argent !

33

Butch et Robert grimpèrent dans le pick-up d'emprunt et partirent vers Bakerville. Bien qu'une bâche recouvrât deux carcasses de vaches, le chargement empestait l'air. Quand ils furent quittes de leur voyage la nuit était tombée. Fatigués, les deux garçons rejoignirent leurs chambres et l'un comme l'autre, trouvèrent le sommeil rapidement.

Au matin, quand Robert se réveilla, il fut surpris de ne pas trouver Butch. Il partit frapper à la porte de Madame Wilson, la logeuse de Sandra, qui lui confirma que le jeune couple avait quitté Nipton, très tôt avec le side-car.

Robert était en rage, il s'était fait berner comme un bleu. Son orgueil en prit un coup puis il se ravisa. Après tout, sans doute aurait-il fait la même chose. Butch avait raison, il pourrait toujours dire à Iznogoud ne pas avoir revu la fille depuis l'autre soir au dancing. Le chef mafieux lui demanderait d'enquêter et Robert s'exécuterait, sans succès. Il n'avait cependant pas tout perdu, Jo allait lui montrer où trouver le sac et les dix pour cent allaient lui revenir entièrement. Butch lui avait laissé le pick-up ainsi qu'une liasse de billets verts, mille dollars cash. Bien que l'homme de main soit rassuré, après tout, car Lansky lui avait seulement suggéré de retrouver l'argent.

Il retrouva Jo, et après une dernière transaction, l'oiseau, ne pouvant échapper à sa nature, en accepta les conditions. A l'arrière du pick-up, un festin digne d'un prince parfumait l'espace, ce qui n'avait pas échappé au condor, qui dansait sur son arbre comme un mexicain devant une tortilla. Jamais les yeux du rapace ne furent si brillants et si noirs : une viande garantie sans plomb lui assura le garçon !

Pendant près d'une heure, l'oiseau vola en direction de la cachette. Robert, forcé de couper au travers les broussailles en évitant les nombreux obstacles, suivait péniblement l'oiseau. Lorsqu'enfin l'oiseau commença son ballet haut perché, Robert coupa son moteur et s'empara de la pelle. Le vautour vint se poser à proximité du pick-up et entreprit de chercher l'endroit où, se souvenait-il, quelques mois auparavant, ce type avait enterré le sac. Jo ne mit guère de temps à retrouver l'emplacement exact puisque, comme il l'avait vu dans de nombreux westerns, une marque devait établir l'emplacement du coffre. Le crâne squelettique de James Cabot fit l'affaire. Heureux et fier de son ingéniosité, le charognard se retourna vers Robert comme un cow-boy regarde son ennemi pendant un duel et lui lança :

— Crouat ! Voilà, j'ai rempli ma part du contrat, maintenant c'est à toi !

— Attend, un peu que je sorte ce sac. S'il est là, les carcasses sont à toi, sinon, je repars avec ma cargaison !

— Crouat ! Cela me semble honnête ! J'aurais aimé t'aider mais je ne te serais d'aucun secours…

Il ne fallut que quelques minutes à Robert pour dégager le sac. Un ruban bleu était attaché à la poignée. Satisfait, il s'empressa de détacher les sangles pour avoir la confirmation du contenu.

L'absence de billet vert surprit le comptable et fouillant le fond du sac, la main de Robert rencontra les crocs d'un petit crotale diamantin. Le serpent s'accrocha énergiquement à son agresseur, se vidant de son venin jusqu'à la dernière goutte, sans que la victime n'ait eu le temps de s'en défaire. Puis le crotale retomba sur le sable et rampa entre les cailloux pour disparaître dans les broussailles.

— Putain! Ce salopard m'a mordu, je suis fichu.

Sous le regard de Jo, Robert courut vers le pick-up et s'installa au volant conscient que, même s'il parvenait à Nipton, personne ne pourrait le sauver. Pourtant, bien décidé à combattre son mauvais sort, la fatalité s'en mêla ; le pick-up ne démarra pas. Les nombreuses tentatives de lancer le moteur échouèrent, jusqu'au moment où une odeur d'essence lui parvint ; le moteur était noyé.

— Crouat ! Je crois que tu as un gros problème !

— Ferme-la, espèce d'emplumé ! Tout ceci est de ta faute !

— Crouat ! Je ne pouvais pas savoir qu'un serpent avait élu domicile dans le sac ; ni même que ton véhicule tomberait en panne !

— Mais tu savais qu'il n'y avait rien à l'intérieur du sac !

— Crouat ! Evidemment, c'est James Cabot qui me l'a dit avant que je ne le nettoie.

— Quoi, tu as parlé avec ce salaud ?

— Evidemment ! Crouat ! Le jour où tes collègues l'ont descendu, le grand type a refusé de l'achever prétextant qu'il ne méritait pas une dernière balle. Ça n'arrangeait pas mes affaires. Alors, j'ai attendu des heures son dernier soupir. J'ai aussi eu le droit à toutes ses jérémiades et il m'a tout raconté. Enfin, de la viande de premier choix, ce Cabot !

— J'imagine que tout ceci te réjouit !

— Crouat ! Non, ce n'est pas ma veine. Le malheur dans cette histoire, c'est que je ne pourrai pas te manger. Le venin pourrait bien me faire du mal. Qu'importe, j'ai de la nourriture dans le pick-up pour quelques jours. Je laisserai ton corps aux bons soins des chacals! Je n'ai jamais aimé ces bêtes là !

— Qu'a-t-il fait de l'argent ?

— Crouat ! L'argent ? A l'heure de ta mort, tu te soucies encore de l'argent ? Ah, vous les hommes, je ne vous comprendrai jamais ! Enfin, puisque tu veux le savoir, comme j'ai accompagné James Cabot jusqu'à son dernier souffle, il m'a raconté la façon dont il avait cambriolé le Flamingo et les raisons qui l'avait poussé à prendre ce risque.

— Quelles raisons pouvait-il bien avoir ?

— Crouat ! C'est toujours la même chose avec vous les hommes, lorsque ce n'est pas l'argent, ce sont les femmes qui vous poussent à commettre l'irréparable !

— Les femmes ?

— Crouat ! Betty ! Elle s'appelait Betty, m'a-t-il dit ; son plus cher désir avait été de lui assurer une belle vie. Depuis plusieurs années qu'ils étaient amants, James

Cabot ne put se résoudre à avouer à sa maitresse le terrible mal dont il souffrait. Un cancer dont il savait qu'il ne réchapperait pas. James me confia avant de fermer les yeux, être satisfait des derniers mois qu'il lui avait été donné. Après avoir fait embaucher le fils de Betty au Flamingo, il avait manigancé le casse du siècle. Sans complice, il avait réussi à filer avec l'argent. Tous l'avait vu quitter le casino avec un sac plein d'oseille. Mais, Cabot avait un atout dans sa manche. Au préalable, il avait préparé un autre sac, jumeau du premier, empli de papier journal, avec, pour les différencier, un ruban bleu et un ruban rouge, sachant pertinemment qu'il serait suivi par les hommes de Lansky. Une course poursuite s'engagea jusqu'à Nipton où il se fit un plaisir de slalomer dans les rues presque désertes en dégageant un maximum de poussière. Lorsque sa Chevrolet vint se coller contre la clôture de Betty, il eut juste le temps de balancer le sac au ruban rouge derrière la barrière fraîchement repeinte, juste avant que la Ford ne débouche à l'angle de la rue. Un coup d'accélérateur permit à Cabot de continuer sa poursuite infernale, à grand renfort d'effets sonores, crissement de pneu, dégommage de poubelle et de boîtes aux lettres, sans oublier le rebond spectaculaire de la Chevrolet lorsque celle-ci reprit *l'Interstate 15* en direction des collines. La poursuite se termina ici même où James enterra un second sac, celui au ruban bleu.

— Ah le salaud !

— Crouat ! J'ai été le témoin impuissant de la suite. La bande à Lansky est arrivée et notre gars a passé un très mauvais moment. Chacun d'entre eux a déchargé son chargeur dans le bonhomme. Six balles dans une jambe, six balles dans l'autre, puis les bras. Le dernier homme a vidé son chargeur dans le ventre de Cabot sans pour autant le tuer. Comme Cabot restait muet, les bandits ont décidé de le laisser crever dans le désert.

— T'as t-il dit dans quel jardin, il avait balancé le sac ?

— Crouat ! Chez Betty Walker évidemment !

Fin.

IBSN : 978-2-9557515-4-1